一念一途に

三つ子の魂・花ひらく

吉川 静雄

Shizuo Yoshikawa

幼児教育の応援団として半世紀

あうん社

一念一途に

三つ子の魂・花ひらく

はじめに

幼児教育に携わって半世紀。27歳のときに独立を決意、学研の代理店として「ヨシカワ図書」（現・ヨシカワ商事）をスタートしました。資金も人脈も従業員もいないゼロからの創業です。

創業者が会社を起こすときのモチベーションというのは様々ですが、私の場合、27歳という年齢が転機となりました。海軍軍人であった父が大宮島（現グアム）で戦死した年齢だったからです。私が生まれる40日前（昭和19年8月10日）に戦死したので、私は父の顔を知りません。しかし、父の亡くなった年齢、27歳の誕生日を迎えたとき、生まれてくるわが子の顔を見ずに亡くなっていった父の無念を思って、矛盾のない仕事をしたい、悔いのない人生をおくりたい、という私のこだわりが熟したのでしょう。それが私を起業させた大きな動機でした……。

創業当初の数年間は、指定された営業エリア（大津市ほか2郡）を回るだけで手一杯でした。しかも創業間もなく突然、痛風を患ってしまい、激痛で歩くのも困難な日々が続きました。しかし結婚間もないこともあり、家のローンと生活費を稼ぐために懸命に病の克服に努めました。

「このままではいずれ糖尿病を併発し最後は人工透析することになる」と京大病院の医師に脅かされましたが、私は西洋医療に頼って薬づけになることを怖れ、食養（マクロビオティック）で「自分の身体は自分で治す」ことを選択しました。自己免疫力を高めることで痛風を克服したのです。

以来、私は保育園・幼稚園の先生方に、当時深刻になりだした環境汚染問題を含めた「食養」の重要さを訴え続けたのですが、ある日、「食養も大事だけど、子供が外の遊具で遊ばなくなった」ということを聞いてショックを受けました。

子供が楽しく遊ぶ遊具はあるのだろうか？　「幻の遊具」を海外にまで探し始めて十数年後、「幼児教育には体育遊びが基本」という考えで遊具を開発された安田祐治先生と出会います。創業してまる25年目のことでした。

安田式遊具と出会ったことで、私は幼児教育というものの奥深さを改めて思い知らされました。「三つ子の魂百まで」とよく言われますが、最新の脳科学の知見と照らし合わせても、全くその通りだと思うのです。

一口に幼児教育といっても、その奥行きの深さからして、さまざまなテーマがあります。甘くて柔らかい食品、添加物いっぱいの加工食品が市場にあふれ、「おふくろの味」が失われつつある現代はなおのこと、幼児期の食事の在り方はとても大切です。すなわち「食養教育」です。

食養をはじめ、知育・徳育(しつけ)・体育(遊び)も幼児教育のなかで疎かにできず、一つひとつのテーマを一体のものとして実践する必要があると思います。私はその信念をもって、ヨシカワ商事を幼児教育の応援団と位置付けています。1995年の第二創業で安田式遊具を普及する会社を立ち上げたとき、声援を意味するYELLと名づけました。長女が大学でチアガールのリーダーをしていて、エールの交換をしている姿に感動、そこからヒントを得て、子供達にエールを送りたいという思いを社名に込めたのです。

本書は、創業五十年の節目を迎えるにあたり、私自身と会社の歴史を振り返り、百年先の未来を見据えたいと思って発行するものです。

原稿を執筆するために年表や資料や本を整理していると、その時代ごとに私の関心は変わり、扱い商品も変化してきましたが、ヨシカワ商事が幼児教育の応援団というスタンスは全く変わっておりません。

近江商人の商売モラルとして「三方良し」という言葉がよく知られています。私もその伝統に生きる一人として、次のようなことを経営の基本として行動し、従業員たちにも伝えています。

①物事をシンプルに考える。

②ある説に賛同したときに、利益・得をするのは最終的に誰なのかを考える。

③その説を唱えている人・研究者や大学教授、新聞社や出版社の情報を集める。

④先ず自ら体験する、現場にでかける。その人に会う（その人の家族に出会うのが一番判断できる）

⑤関心を持ったテーマは十年以上、できればライフワークとして一生追究する。

右のことを基本に行動しても、数々の失敗を経験しましたが、それもまた貴重な学びとして次に生かせます。言うまでもなく、どんなに苦しい時でも前向きに捉えることが会社という「公器」を預かる経営者の責任です。

私は、右の5つのことを基本に行動してきたおかげで、たくさんの素晴らしい人たちに出会えました。しかもいつも絶妙なタイミングで。それらはもちろん仕事上のプラスになったばかりでなく、私の人生そのものを豊かにしてくれました。現代のようにデジタル化社会が進めばすすむほど、人との出会い、一期一会が大切ということを痛感させられます。

仏教詩人として有名な坂村真民さんのこんな詩があります。

念ずれば花ひらく

念ずれば
花ひらく

苦しいとき
母がいつも口にしていた
このことばを

わたしもいつのころからか
となえるようになった
そうしてそのたび
わたしの花がふしぎと

ひとつひとつ
ひらいていった

子供たちの三つ子の魂（蕾）のひとつひとつが、健やかに花開いてほしい。そして立派な日本人に育ってほしい！　本書のタイトルには真民さんの詩に託し、幼児教育への応援をライフワークとした私の思いを込めました。

私の好きな言葉は――

『その時の出会いが人生を根底から変えることがある。よき出会いを』相田みつを
『人間は一生のうち逢うべき人には必ず逢える。一瞬遅からず一瞬早からず』森　信三

この本があなたにとって、よき出逢いになりますように――。

著者記す

一念一途に　三つ子の魂・花ひらく　もくじ

第1章 ライフワークを求めて

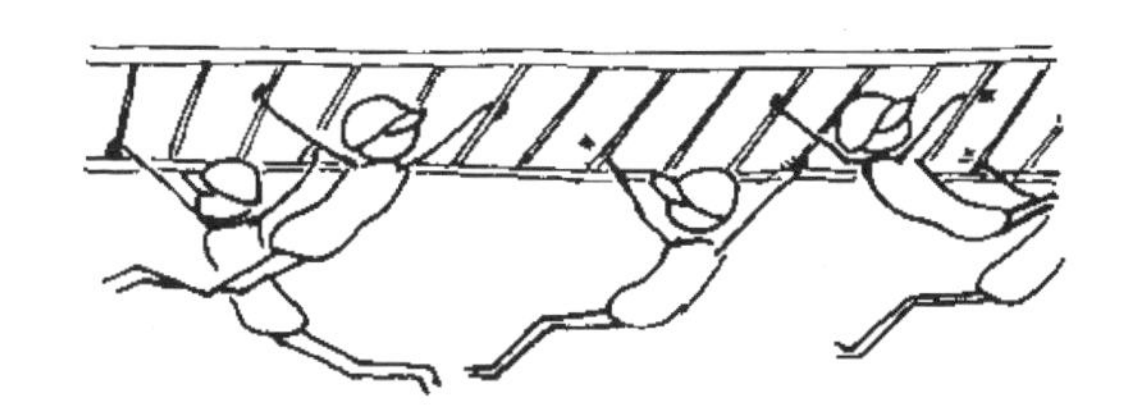

イラスト画　作：安田祐治先生（以下、各章同様）

一人のホンモノに触れれば、
百人のニセモノを忘れさせてくれる。
人間社会の有り難さである。

城山　三郎

矛盾のない仕事をしたい

矛盾のない仕事なんて、この世の中にあるのだろうか？　人生は矛盾だらけなのだから、矛盾のない仕事などあるはずがない。いや、天職という言葉があるし、その人なりの天職につけば小さな矛盾に悩むこともないのではないか……。

二十代初めのころ、私はずっとそのことを考え続けていた。立命館大学を卒業してから5年ほどの間に転職を3回繰り返していたが、納得できる回答は見つからなかった。3回目の転職となった大手生命保険会社で、私はかなりの高給取りになっていた。昭和45年当時の大卒初任給は、まだ二万円足らずだったが、私はその十倍位以上の給料をもらっていた。母子家庭で育った私は、母親のためにも一日でも早くマイホームを持ちたいとの思いが強烈にあった。大手生命保険会社なら頑張り次第でそれが実現できると先輩に教えられて転職し、たしかに高給取りにはなった。しかし仕事自体に矛盾を感じ、毎月のノルマに追われ続けていくうちに、次第に虚しい気持ちになっていった。

そんなときに、新聞の広告記事が目に飛び込んできた。学研代理店の募集広告だった。

幼児教育。子供相手の仕事で、しかも教育的な仕事。きっと矛盾を感じないで仕事ができるはず！

私が探し求めていたのはこれだ！　と直感し、すぐさま行動を起こした。

滋賀県の学研滋賀支社に電話すると、すでに代理店候補は集まっているという。何とか面接だけでもしてほしいとお願いすると、必死な思いが通じたのか、それでは明日会いましょうと言ってくれた。

こうして私は、大津市・志賀郡・高島郡を営業エリアとした学研代理店となり、１９７２年（昭和四十七年）、27歳のときにヨシカワ図書（現　ヨシカワ商事）を創業した。

以来、保育園、幼稚園、小学校に向けて教育・食育・環境をテーマに、学研以外の商品開拓にも取り組むことで営業エリアを関西・近畿圏に広げ、書店（よしかわ書房）も経営した。また琵琶湖汚染問題から「自然系せっけん使用」の運動を始め、食育・環境をテーマに講演活動も続けていた。高度経済成長の波にも乗り、ヨシカワ商事は順調に業績を伸ばしていったが、創業十数年目のある日、大きな課題（矛盾）に突き当たった。

「食育も大事だけれど、最近の子供は外の遊具であまり遊ばなくなったのよ。子供たちが楽しく熱中して遊ぶ遊具はないのかしら？」

ある保育園の園長先生のそんな一言に、私はショックを受けた。

『今、子供が危ない』という演題で子供の食育を中心とした講演をしていたが、「子供の遊具」についてはあまり深く考えていなかった。今までたくさんの遊具を販売してきただけに、私は重大な責任を感じた。

遊具メーカーの商品カタログにある大型遊具が、保育園や幼稚園の子供たちにとって魅力がないのだとしたら、いったい何が問題なのだろうか。園長の一言をきっかけに、私は「幻の遊具」を探し始めた。その当時、教育先進国と思っていたアメリカやヨーロッパの遊具メーカーを調べたり、幼稚園や公園なども見て回ったが、腑に落ちない商品ばかり。子供が自発的に楽しく熱中して遊ぶ遊具は、この世に無いのかもしれないと半ば諦めかけていた。そんな矢先に「体育あそび研究所」を主宰する安田祐治先生のお名前を知ったが、その時から実際に会えるまでの7年間、私は海外にまで目を向けて幻の遊具を探し続けたのだった。しかし結局、海外にも私が求めた遊具は見つからず、安田祐治先生に行き着くのである。

では、「幻の遊具」を探し始めて安田祐治先生と出会うまでの十数年間が徒労だったのかといえば、そうではない。本当に出会うべき人の出会いというのは、一瞬早くも遅くもなく出会うものだと、森信三先生が言っているように、絶妙なタイミングというものがあるようだ。そのことはまた後に改めて語るとして、安田祐治先生との運命的な出会いは、１９９5年5月のことだった。

それから間もなく、ヨシカワ商事の第二創業ともいえるエール（株）が誕生した。現在、安田式遊具の普及促進を主な業務とするエールは創業23年となり、ヨシカワ商事のほうは4年後には創業五十年を迎えることになる。

矛盾のない仕事をしたいと思い詰めてから半世紀たった今、改めて自分の人生を振り返ってみると、節目節目にふしぎと素晴らしい人との出会いがあった。振り返ると、その出会いは蛇行しながらも一本の太い道になっている。そこは自負していいと思う。

言うまでもないことだが、人生が豊かになるかどうかは、出会いの数の多さではなく、その質と熱い思いのエネルギーである。目の前に佳き出逢いがあっても、思いのエネルギーが弱ければ一期一会のチャンスも運も逃げていく。天職と自分が信じられる仕事にも恵まれないだろう。

「矛盾のない仕事をしたい」という若いときの思いが人生の扉を大きく開き、安田祐治先生との運命的な出会いにも恵まれたのである。

立派な公務員になろうと思ったが……

十代、二十代のときに人生の方向が決まり、天職とも言える仕事に巡り合える人は幸せである。しかしそれは少数派であり、自分の将来に迷いや悩みをもって青春時代を送る人が大多数だろう。

わずか2年余りだが私は高校卒業後、某地方自治体に勤めていた。もう50年以上の昔のことだから、時効はとうに過ぎている話。

大学に進学したいが、父親が戦死の母子家庭なので経済的余裕がまったくなかった。某自治体の公務員なら働きながら夜間の大学へ通えるぞという高校の担任教師のすすめでそこに就職し、立命館大学Ⅱ部（夜間）法学部入学した。１９６３年（昭和三十八）、18歳の春、立派な公務員になろうと将来への夢を膨らませていた。

ところが数カ月もしないうちに、まったくとんでもない職場であることがわかった。一カ月間の研修を終えたあと、私は文書統計課に配属となった。役所に送られてくる様々な郵便物を読んで仕分けして、活字にする必要がある書類をタイプライター室に持っていった。

当時、タイプを打つのは女性の専門職だった。タイプライター室には十人ほどの女性がその仕事についていた。書類が急ぎの文書かどうか優先順位を自分なりに判断してタイプライターに頼むのである。さまざまな書類から世の中の動きも見えてきて、仕事自体は楽しかったが、三カ月もしないうち係長から呼ばれて、こんな注意をうけた。

「吉川君、ちょっと。あのなぁ……、公務員というのは3日でする仕事を1週間かけてするもんや。君があんまり張り切ると、上が忙しくなってかなわんのや。そんなに頑張っても給料は一緒やで」

私は一瞬どう返事をしてよいのかわからず、ただ頭を下げるしかなかった。

午後4時頃にもなると、隣席の主査は靴をピカピカに磨きはじめる。書類にハンを押すときはまとめてさっさと済ませ、4時半にもなると制服を背広に着替えはじめ、キンコンカンと終業の鐘とともに席を立つ。行先はたいてい帰宅途中の飲み屋街である。12月に入ると何やら会といった忘年会がやたらと増えてくる。公務員はツケの支払いの取りはぐれがないから上得意、マイクロバスの送迎つきの宴会である。

自治体は予算主義だから、消化できない年間予算は使い切らないとマズイことになる（来年度予算が削られる）。それらの予算を使い切るために、カラ出張やヤミ手当などは当たり前。

「先輩、こんなことしていいんですか」などと言ったりすれば、「大人になれ！」とくる。

ある日、1泊2日でF県庁へ出張に行かされることになった。駅に着くと、車のお出迎えがあったのに驚いたが、さらに吃驚したのは、

「ご苦労さん。これ資料や」と、封筒に入った書類を手渡されただけで、私の仕事が終わったことである。郵便で送れば済む書類だった。これも予算消化のための出張だったのかと、つくづく情けない気持ちになった。業者の接待、入札の談合なども当たり前、今だったら刑事訴訟にもなりかねないことが平気でまかりとおり、職場全体の慣例となっていたのだ。

しかし最初に断ったように今ではありえない話だが、当時こんなことは私が勤める役所の特殊事情ではなく、いわば時代の風潮だったのだ。池田内閣の所得倍増計画、朝鮮戦争特需なども

あって、昭和三十年代中ごろから、日本経済は急成長しはじめた。いわゆる高度経済成長の入口で、飛行機が離陸するときのように右肩上がりに浮上したのだった。そういうお祭り気分の空気のなかで、人々は浮かれ、金銭感覚がマヒしていったのだろう。のどかと言えばのどかな時代だったが、立派な公務員になることを夢見た私には耐えられなかった。

このままでは自分がダメになる

某自治体に就職した１９６３年には、名神高速道路の栗東～尼崎間が開通した。これが日本初の高速道路となった。

この第一期工事が始まった頃、私は高校生になったばかりだったが、担任の教師が「あれは弾丸道路だ」と言っていたことを鮮明に覚えている。戦争が起きたら飛行機の滑走路になるから私は建設に反対だ、というのである。そんなものかと私は素直に信じたが、いつか車を買ってここを走ろうと、高速道路の工事現場をみては胸をわくわくさせていた。

大学時代まで八日市に住んでいた私は、16歳のときに車の免許を取っていた。八日市には陸軍の飛行場があったので、戦後は戦争映画の撮影現場になったり、近隣住民の車の運転練習場として滑走路が利用されたりした。近い将来、車は仕事に欠かせないと思った私は、親戚の人に頼んでここでミゼットやダットサンに乗って運転免許を取る練習をさせてもらったのだ。

公務員になった翌年の10月、「日本の復興を世界にアピールする」東京オリンピックが開催された（10日～24日）。どの国でもオリンピックの誘致が決まるとインフラ整備の公共事業で経済が活性化するが、日本でも数年前から「いざなぎ景気」に沸いていた。

オリンピック開催の年に照準を合わせて、首都高速（1号、2号、4号）も開催二カ月前に開通し、東京～大阪間の東海道新幹線も開催直前の10月に開業していた。この年には名神全線が開通し、翌々年（1966年）には京葉道路全線が開通するなど、交通戦争という言葉がマスコミに登場しはじめた。

世の中がお祭のように好景気に沸き立つ中、公務員の世界に幻滅を感じた私はいつ役所を辞めようかと思い悩んでいた。上司は「大人になれ！」と尤もらしく言うが、国民の税金でヤミ手当やカラ出張費を平気で受けとるような厚顔な大人にはなりたくない。

大きな組織のなかで一人抵抗したところで無力である。いずれ自分もその空気に染まってしまうだろう。それが怖い。このままでは自分がダメになる。大学2回生になったらすぐに辞めようと思ったが、2回生の平均点数が80点以上の成績なら転部試験を受けて昼間に転部できることがわかったので、2年間は我慢することにした。そして3回生になる数カ月前に転部試験に無事合格した。3月頃、「4月に退職します」と上司に退職願を出したところ、4月から私の配属は農林部に変わることになっていた。そこでその新たな上司に挨拶に行くと、親身になってこう言ってくれた。

「６月まで勤めたら少しでもボーナスが出るから、それまで我慢したらどうや。毎日大学に通わんでもいいんだろう。どうしても大学に行く日があれば、出張という名目で行かせてやるから」

私は一瞬迷ったが、大学には毎日行く必要もないし、通うにしても３カ月間だけその日数を減らせば済むことだと思い、上司の言う通りにした。しかしそれでも、ボーナス欲しさに退職を延ばすというのは心苦しくもあり、出勤しても気持ちが落ち着かなかった。６月末、予定どおり役所を退職した時は、長い梅雨明けの青空を見る想いがした。

当時は高校から大学に進学する率は１割も満たなかった頃だから、苦学しながらも大学に行けるだけで幸せだった。昼間に通うようになってからは学費と生活費を稼ぐアルバイトに明け暮れた。夜間の学生はみな真面目に必死で勉強する苦学生がほとんどだったが、昼間の学生はおしゃれな服を来たボンボン風の学生が目立ち、授業にも出ないで遊びほうけている者も少なくない。マスコミにレジャーブームやマイカー時代到来の文字が踊りはじめ、自家用車でキャンパスに乗りつける学生が現れていた。苦学生の僻みかもしれないが、助手席に彼女を乗せてこれに見よがしに颯爽と車から降りる気障な学生を、「親のスネかじりめ」と嫉妬まじりに軽蔑した。

クラブ活動もレジャーにも無縁な学生だった私は、授業の「講義録」を買って要領よく点数を稼いでいる学生を見ると矛盾を感じ、ちょっと腹立たしくもあった。大学のレジャー化が言われるようになったのは、大学の数や進学率が急増する十年程後のことだと思うが、私の頃からその兆しは見えつつあった。

それはともかく私は大学に行けるだけでも幸運だった。有名大学を卒業して一流企業に入社してマイホームをもち定年退職まで安泰に——。それが国民の平均的な夢だった時代の空気のなかで、立派な公務員になることを諦めた私は、大学通いとアルバイトに忙しく、将来の夢はまだ夕闇の奥にぼんやりとするばかりだった。

まさか「労働法」のゼミが就職のマイナスに

アメリカが北ベトナムへの爆撃を開始したのは１９６５年（昭和四十）の2月である。ベトナム戦争は長引き、アメリカ本国はもとより日本や欧米諸国の大学でも反ベトナム戦争・反米運動が盛り上がっていった。

日米安全保障条約に反対する安保闘争は、１９５９年（昭和三十四）に始まっていたが、ベトナム戦争の泥沼化を背景として１９７０年（昭和四十五）には労働組合、学生、市民、左翼勢力が参加した日本史上で空前の規模の反政府、反米運動となった。そこからやがて、全国各地の大学紛争に飛び火していくわけだが、私の大学在学中（1963〜66年）はまだ校舎をバリケードで閉鎖するような過激な運動にはいたっていなかった。ただ、キャンパスには至る所、反対運動の立て看板が林立していた。

当時は、教師や知識人層に多かった左翼思想にかぶれた学生が蔓延し、私も心情的な左翼の一人ではあったけれど、アルバイトに追われて学生運動には加わっていない。それでも何度かは市民レベルのデモには参加したりした。大学紛争が過激化していったのは私が大学を卒業して2年程の後のことである。

振り返ってみると、当時の左翼運動は一種の流行病のようだった。米ソの冷戦時代のなかキューバ危機が起きたのは、私が高校3年生だった1962年（昭和三十七年）のことで、核戦争の恐怖が現実のものとして迫っていた。ケネディ大統領の暗殺はその翌年である。

私は法学部の学生として法律こそ正義の番人だと思っていたし、左翼的な心情から浅井清信先生の『労働法』をゼミとして採った。資本主義・民主主義社会において、労働者の権利をいかに守り主張するかというもので、経営者側への視点は労働者から搾取する資本家としか見られていない。自分も一人の労働者として、その味方になろうと私は真剣に考えていた。このゼミを取っていたことが、後の就職の面接で致命的なマイナス点になるとは予想もしなかった。

大学4回生になって、いよいよ就職の季節となると、学生は成績順に5～6等級に分けられて、希望先の企業を選ぶときの優先順位が決められた。募集企業の箱のなかに、自分の名前を書いた札を入れていくのである。募集定員がいっぱいになったら、その箱は閉じられて札を入れることができない。当然、人気企業ほど就職希望の札が集まるので、成績上位の学生には有利である。

百番以内は等級1で、私もその一人としてダイエーを選んだ。戦後間もなく、創業者の中内功氏が神戸で開店した「主婦の店」はあっという間に全国を席巻した。中内氏は「流通革命」の寵児ともてはやされて、ダイエーはまさに飛ぶ鳥を落とす勢いで成長をし続けていた。

私は、そうした立志伝中の創業者への憧れと、ますます発展するだろう流通産業のなかで営業職の仕事に就きたいという希望があった。私は就職できるものと8割方信じていた。

ところが、それまでスムーズな面接応対の終わり頃、

「ところで、ゼミは何を採っていましたか」と聞かれたので、

「浅井清信先生の労働法です」と胸を張って応えると、数人の面接官は互いに目線を合わせてシーンとなってしまった。短い沈黙のあと、「はい、わかりました。では、後日、郵送でお知らせします」と面接官は淡々と言った。

私は面接会場を出てから、「これはマズイことになった」と直感していた。

大学の成績はA、母子家庭で苦学して大学を卒業したことを面接官は大いに評価していたようだし、営業職希望も会社の条件に合い、他にマイナス点は見当たらない。しかし資本側にとっては「労働法」を信奉するような学生は組織の異分子になる危険性があると判断されたに違いない、と思ったのだ。

数日後、予想通り、不採用の通知があった。

私は不安定なアルバイト生活から抜け出して、安定収入を得て将来を展望したかった。その第一志望の会社からダメと言われて、お先真っ暗な気持ちに陥った。私は今でこそ楽観主義を標榜しているが、若い頃は結構心配性なところがあった。まだ失業したわけでもないのに、失業の恐怖感に打ちのめされた気分だった。

三段論法で「相手の懐に飛び込む」

今の大学生には信じられないだろうが、私たちが学生だった半世紀前は、マルクス・エンゲルスや社会主義革命などを日常的に語ることが文化人、知識人としての自負だった。

自由平等な市民社会を築いていくためにも、労働者たちは団結して資本家の搾取に対抗し、権利を主張していかなくてはならないといった時代の空気が、私たちの青春時代だったのだ。社会主義者であった浅井清信先生の『労働法』を学ぶことは、時代の先端に立つことであり、『労働法』はまさに正義の羅針盤のようなものだ、と私は信じ込んでいた。

ところが、ダイエーの面接では浅井先生の『労働法』を口にしただけで、不採用になってしまった。しかし私の労働法理解はごく浅いもので、資本家が怖れるような思想的な信念に裏打ちされたものではなかったのだ。にもかかわらず当時は、左翼運動が盛んになりつつあったので、私もその一人と見られ警戒されてしまったのだろう。

失業の恐怖感にとらわれて私が次に就職先として考えたのは、とにかく「会社がつぶれない業種」だった。人間が生きていくうえで欠かせないのは「衣食住」だから、そこに的を絞り三段論法で考えてみた。

日本はこれから10年、20年先を行くアメリカを追っていくだろう。アメリカは私も含めて多くの日本人の憧れの国である。アメリカでは冬でもアイスクリームを食べる生活をしているから、食の関連で「森永アイスクリーム」を販売している関西の総代理店「藤三商会」はどうだろうか？

調べてみると、大卒10人、高卒80人を募集していたので、私はさっそく京都に本社がある「藤三商会」へ自ら売り込みにいった。余計なことを言わなければ採用されるはず。その自信はあったので、私はこちらの「条件」を出してみることにした。

当時の企業面接というのは、学校からの斡旋をはじめ、親類筋や友人知人などの紹介者を通じていくことが普通だったので、紹介者もなく一人で乗り込んだのがかえってよかったのかもしれない。

「よう来た！　おまえ根性あるな！　幹部候補生として採用しよう」

面接の担当官（人事部長）は偶然にも大学の先輩で、私の自己紹介を少し聞いただけで即断した。母一人子一人の家庭に育ち、家計の足しにと小学生の頃から牛乳配達をしてきたといったことが人事部長の胸に響いたようだった。そこで私は「しめた」とばかりに、

「一つ条件があるんです。京都にも社員寮があるということですから、私の母を寮母として採用していただけませんか」と、単刀直入に言ったのである。突然の提案に、人事部長は一瞬戸惑った顔を見せたが、「わかった、それも何とかしよう」と即決してくれたのだった。

実は私がこの会社を選んだ理由の一つは、三段論法のほかに、独身社員寮があることだった。ということは私の母親の就職先になる可能性もあると踏んだからだった。

可能性が少しでもあるなら、ダメ元で言ってみる。それも絶妙のタイミングで。私はこのときの面接で、「相手の懐に飛び込む」ということのコツを一つ学んだように思う。

私は一流の営業マンになりたくてダイエーへの就職を希望したのだが、それはかなわなかった。しかしそのおかげと言うべきか、私はその後、独立するまでの5年間で、「藤三商会」を含

めて三社転職を経験し、組織や社会の仕組みを知り、業種は違っても営業のコツというものは同じだということを学んだ。

営業のいちばんのコツは何かと言えば、まず自分の心をオープンにして（虚心坦懐にして）、相手の懐に飛び込むことである。ただし「三方良し」であることが大前提だが、そのことについてはまた後に述べたい。

「組織」の魅力と魔力を学ぶ

2回目の転職は早くも半年後にやってきた。

藤三商会の大阪支店に配属され社員寮に入ったが、仕事があまりにも単調で、一流を目指す営業マンの修行にはならなかった。

半時間もいたら凍えてしまう冷凍倉庫からアイスクリームを冷凍車に積んで、喫茶店や駄菓子屋などで注文を取りながらのルートセールスをしていく。当時は国道1号線でも完全舗装にはなっておらず、交通渋滞こそなかったが、来る日も来る日も単調な毎日だった。

顧客先のお店の大将やおばさん相手に世間話をすると、

「ボンはどこから来たんや。なんや、大卒のりっちゃん（立命館）か。大卒がこんな仕事をしてるんかい」などと言って、すぐ説教めいたことを言い出す。

ルートセールスといっても売上の競争があり、高卒の新入社員のほうが私よりはるかに成績がよかった。お店の大将やおばさんに気に入られたほうが勝ちらしい。私はいちおう幹部候補生ということだったが、やる気が湧いてこないので売上があがらない。半年もしないうちに先が見えて来た。会社や顧客がどうこうといった問題ではなく、私自身の選択ミスだったのだ。そうと思ったら撤退も早い。失業するわけにもいかないので、すぐにも次の転職先を見つけると、退職届を出した。大変ありがたいことに、私が辞めたあとも母は寮母として仕事を続けることができた。

次の就職先は、一部上場のオンワード樫山である。

この年の主な出来事を年表に見ると、公害対策基本法が8月に施行されている。世界をみると、イスラエルとアラブ諸国の第三次中東戦争、欧州共同体（ＥＣ）の発足とある。一方でベトナム戦争は泥沼化して国内では大学紛争が激化していった。

そうしたなかでも「いざなぎ景気」は続き、オンワードのイージーオーダーメイドの背広はよく売れた。私は当初、商品倉庫のオペレーションセンターに配属され、様々な服地や縫製品などの基礎知識を教えられた。最初は「倉庫」の番人のように思えたが、商品管理のことをはじめ業務全体のことがわかる仕事だった。

黙々と仕事をしていたある日、突然社長が倉庫に訪れて、「おい、吉川君、がんばれよ」と声をかけてくれた。採用面接してくれたのは社長だったが、社員は何千人もいるのだから私のことなど覚えているはずがないと思っていた。それだけに社長の一言は嬉しかったし、経営者としてのあるべき姿勢を教えられた。

それから間もなく私は店長候補として開発部の仕事に配属となった。開発といっても営業部隊で、下町の小さな工場などを回って背広の注文を取る仕事である。昭和三十年代、地方の中高卒の少年少女たちは集団就職として大量に大都市に送られてきた。企業側にとってはありがたい労働力なので「金の卵」と呼ばれた。

その彼らが故郷に帰省するとき、とっておきの服、つまり一張羅(いっちょうら)の背広を着飾って帰りたいだろうという心理をニーズとして捉え、オンワードの開発部が営業に回ったのである。その頃は、オンワードに限らず様々な商品を販売する会社が、町工場や中小企業と提携して、社員の福利厚生として商品購入の便宜をはかっていた。高額な商品の場合は月賦払いとして、その会社が社員の保証人となったので売る方も安心だった。

私たち営業部隊は昼休みに社員食堂や休憩室に行って、注文服の採寸をしながらその人の故郷の話や仕事の中身のことを聞いたりした。世の中、いろんな会社いろんな仕事があるものだと、私の世間感はだいぶ広がったし、仕事自体も楽しかった。だが私は、2年余りでこの会社を去ることになった。

最大の理由は何かといえば、このままではマイホームを持てるのは定年間際の50歳ぐらいになってしまうし、社内で出世したところで先が見えている、ということだった。会社自体が嫌になったわけではなく、当面の夢が実現できないことがはっきりしたからだった。

また、これも時効だから言うのだが、入社間もない頃に倉庫業務をやっていたとき、社内万引きが多かったことにも嫌気が差していた。社内体制自体に問題があったのか、社員の質の問題なのかわからないが、厳しい管理をしたつもりでも検品すると在庫数が合わなかった。

この会社で学んだことは、組織力というものの魅力と魔力である。十人いれば十人の力ではなく、組織の作り方によって何倍にもなる。それが組織の魅力であり、逆に、組織の管理のなかで人間の心がだめになったりもする。それが組織の魔力である。

夢に現れた子供

最初に書いたように、次に就職したのが大手の生命保険会社である。

「アメリカでは生命保険のセースルはライフプランナーとして尊敬されているし、生保会社のトップセースルマンになったら普通のサラリーマンの何倍もの給料が取れる」

大学の先輩にそう言われたことが転職のきっかけである。よし、トップセールスマンになって数年のうちに家を建てる。私はそう決意して、生保会社への転職先が決まった時点でオンワードを退職した。

昭和五十年代頃まではよく流行った「地獄の特訓」が入社早々待っていた。デスクワークの研修がおわると、一日百軒以上の飛び込み営業が課せられた。

「こんにちは。□○△生命です」と玄関口で言っても、ドアを開けてくれるのは数件である。そこから話をまともに聞いてくれるお客は数パーセント、つまり、人々に敬遠されている商売ということだ。まず相手に「Ｎｏ」と言われる。必需品でもない、形のない商品を売るむずかしさ。そういうことは何も知らず、ただ高給に惹かれて入社してくる者が私を含めてほとんどだから、一か月間の厳しい研修で早くも脱落していく人が半数以上もいた。私もさすがに気が滅入ってしまい、何度か辞めようと思ったが、実際に高給取りになった先輩たちを見ていると、あの人ができることなら自分にもできないはずはないと、気持ちを奮い立たせた。

研修が終わると、40～50人のおばちゃんたちがいる支部の営業所長となって、オンワードのときのように職域営業が始まった。門真にある松下電器の洗濯機事業部の工場へ行ったとき、ベルトコンベアーの前で大勢の人が流れ作業をするのを初めて見て、世の中にはこんな仕事もあるのだと驚いた。それはまさに、チャップリンの映画そのものだった。各家庭への飛び込み営業と比べたら、職域への営業はたいへん効率もいいし、成果を上げやすい。こちらが保険の話をする前に、工員さんたちの故郷の話を聞いたり、身近な世間話をしながら成約にむすびつけていく。

トップセールスマンになるような人は、いくつかの共通点がある。たとえばセールストークひとつにしても、会社から教えられたトークをするのではなく、自分に合った話術を磨いている。よく言われるように、商品そのものを売るのではなく、相手の懐に飛び込んで自分という人間を信頼してもらうことがトップセールスマンになる条件の一つなのだ。

私は、自分で言うのはおこがましいけれど、全国でもトップクラスの成績を実現できたので、トップセールスマンの仲間入りはできたと思っている。しかし……、寝食を惜しむほどがむしゃらに走り続け、成績が上がれば上がるほど虚しい気持ちになったのは、大いなる矛盾だった。

毎月のノルマに達しない支部のなかには、いわゆる「自爆」と言って、成績のかさ上げをするために奥さんが着物を売って帳尻合わせしたりした。追い詰められた支部長クラスの人が何人も自殺したが、営業ノルマのない内勤のエリートたちは1泊2日で支部回りしながら高級を取っている。

内勤のエリートは「内野」、営業部隊は「外野」と呼ばれていた。ノルマを押し付けられる外野と内野の落差はあまりにも大きく、私はそこに人生の悲哀や矛盾を感じてしまった。

私もいつか「内野」の仲間に入ったら、会社の発展のためという大義名分で、「外野」に対して同じことをしなくてはいけない。黒であっても白と言うのが企業組織の論理というものだ。そんなことを考えていると、ますますこの仕事に対する意欲が薄れていった。

黒は黒、白は白と言える仕事はないものか？　そんな商品を扱いたいと思い続けていたある晩、夢のなかに子供が出てきた。私はそのころ婚約者（いまの家内）がいたが、結婚前だった。小さいながら建売住宅をローンで購入したばかりだったので、結婚後に誕生する子供の夢を見たのだろうか？　夢の中身は覚えていないが、その夢が私の未来を予言しているような気がしたのだった。

プロフェッショナルとは

子供相手の仕事をしなさい、という夢のお告げだろうか。どんな仕事があるのだろうか？　おもちゃ屋か？　それではおもしろくないなどと考えていると、ある日、「滋賀県で学研代理店を募集」という新聞広告が目に飛び込んできた。もし私が子供の夢を見る前だったら、この新聞広告を見ても、何とも思わなかっただろう。だからこれは偶然ではなく必然だと、頭からつま先まで電気が走るようなヒラメキがあった。

さっそく私は出勤前に学研の滋賀支社のポストに履歴書を入れて生保会社に出社すると、その日のうちに学研の支社長から電話が入った。

「すでに代理店は内定していますが、幸い採用通知は手元にあり、まだ出しておりません。あなたの経歴がおもしろいので本社の取締役に相談したところ、夕方滋賀支社に来るそうです。面談したいので、琵琶湖ホテルに夜8時頃に来てください、ということです」

こうして私の運命は、履歴書一枚と絶妙なタイミングで拓かれた。

学研の代理店は、営業エリアごとに保育園・幼稚園部門と小学校部門が決められている。面談の結論だけ言えば、私は、「両部門ともやらせてください」と頼み込んで、承諾されたのだった。こんなことは例外中の例外だと言われた。しかも内定した代理店があったにもかかわらず、面談した取締役が私を選んだのは、トップセールスマンの実績と熱意を評価したからだと、後に支店長から聞かされた。

1972年（昭和四十七年）1月からヨシカワ図書（現・ヨシカワ商事）として学研代理店をスタートすることになった。

その一カ月前、生保会社の幹部に退職願いを出すと、「将来の幹部候補なのだから、辞めないでくれ」と言われた。そこで私は、立つ鳥跡を濁さずの思いから、私が開発した「保険に入りたくなる話法」を伝えるため、各地の営業所の求めに応じて、有給休暇も返上して講演していった。

2年間という短い期間ではあったけれど、私は生命保険のトップセールスマンとしての自信を持った。しかし自分の心のなかでは虚しさがあり、納得できないものがあったのだ。矛盾のない仕事への思いから、自分にふさわしい使命感、天職を求めていたから、自分自身に納得できなかったのである。結婚したばかりで家のローンも抱え、先行きの不安はあったが、それ以上の夢が大きく広がった。

世の中にはさまざまな職業のプロフェッショナルがいて、その道一筋に生きている。学歴や経歴などに関係なく、自分の仕事に誇りと情熱を持っている人たちが率直に語る言葉には深い味わいがある。そういう言葉を語れる人間として成長したいと、私は願っていた。

私が二十代半ばにマスターしたのは生命保険のセールストークであって、仕事に誇りと情熱を持っているわけではなかった。しかし子供相手の教育関連の仕事なら、私は情熱を持って取り組むことができるという予感があった。

公務員の世界を垣間見て、また会社組織のなかでの出世競争の虚しさなども感じて、独立するしかないと思った。そんな思いが強くなったときに、子供の夢を見て、私の行くべき道が暗示されたのだった。幼児教育に関わるプロフェッショナルになりたい。学研の代理店になったのは、そのスタート地点に立つことだった。

矛盾のない仕事をしたいという願望が最初の始まりで、その思いを持ち続けたことで、教育・

食育・環境・体育遊具へと連鎖的につながっていった。嬉しい楽しい人との出会いも連鎖的に、一期一会でつながっていく。ありがたくも愉快な人生である。

愛妻に言わせると、「人を信じすぎて失敗（損）ばかりする天才」で、「とくに美人に弱くて騙されやすい」ということのようだが、それらも含めて貴重な経験だったのだ。

74歳になった私の人生はまだ発展途上にあるのだけれど、プロフェッショナルとは何かと、若い人に問われたら、真摯にこう答えてあげたい。

周りの意見にまどわされず、失敗を恐れず自分を信じて、人との出会いに感謝しながら自分を磨き、一念一途に生きていける人をプロフェッショナルという。

第2章 「教育」への目覚め

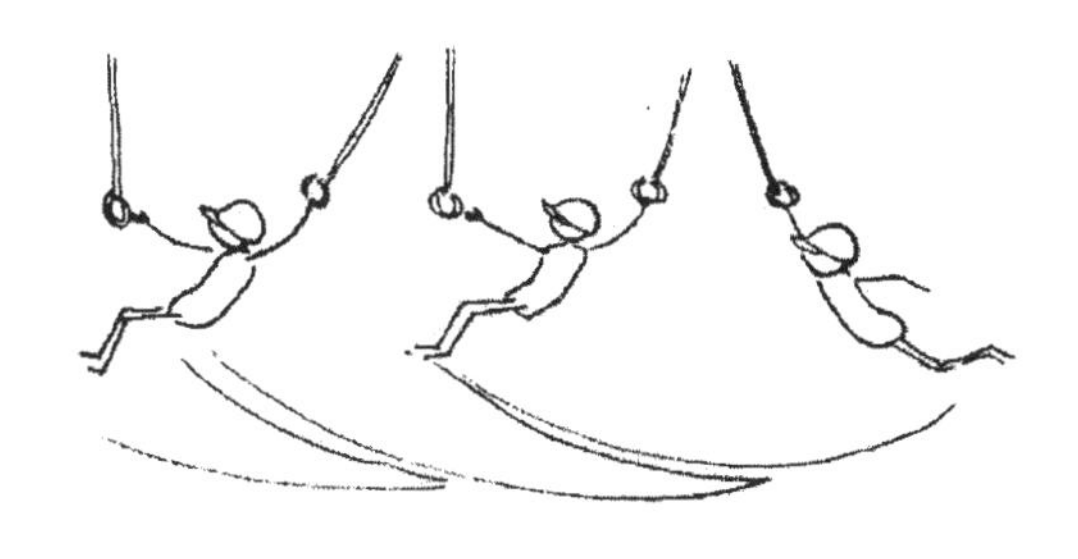

ほとんどの人が途中でやめる
一生修行し続ければ本物になる

渡部　昇一

ゴミを拾える人間

朝の散歩をしながらゴミを拾うようになって、もう30年近くになる。琵琶湖の水質汚染の原因となっていた合成洗剤を使わない「粉石けん運動」の普及活動をするなかで、環境問題に関心を深めるようになった。そんなある日、海岸のゴミで一番多いのはタバコの吸い殻という新聞記事を読み、これなら一人でできる環境運動だと思い、朝の散歩時に吸い殻を拾い始めたのである。「思い立ったら吉日」が、いつもの私の習性である。

いざ一人で始めてみると偽善者ぶっているようで、人に見られるのが何となく照れ臭かった。前から人が歩いてきたときは、目の前にゴミが落ちていても拾えなかった。しかし何年かたった頃、森信三先生の本のなかで「目の前のゴミを拾えぬ人間に何ができよう」という文言を見つけてから、人がいようがいまいがゴミを拾えるようになった。

最初のうちはモノを挟むトングを持ってゴミをつまんでいた。ところがタバコの吸い殻のような小さなモノはつまみにくい。そこで軍手をはくようになったが、いつしか素手になっていた。拾った吸い殻をポリバケツに溜めていくと半年もしないうちに満杯になり、改めて新聞記事のとおりだと実感した。私は二十代半ばでタバコは止めているので、ポリバケツの蓋を開けるたびに強烈なニオイに辟易する。喫煙者に嗅がせてみたいと思ったりもする。

タバコ1本1円の値上げで1124億円（2014年度計算）になるそうだ。この吸い殻1本を一円でJTに買い取ってもらい、その収益を数々のボランティア団体にJTから贈るというのはどうだろうか。JTの社長に会ったら一度提案してみようと、私は真面目に考えている。

最近増えてきているゴミは、空き缶、ペットボトル、コンビニ弁当の空き箱などだ。琵琶湖の周辺道路にもコンビニが増えていることがこういう結果に現れるわけだが、それにしてもゴミはいったいどんな顔の人物が捨てるのだろう。顔は浮かばないが、何も考えず無意識にポイッと捨てるのだろう。

私は長年、保育園・幼稚園を顧客とする仕事をしてきた関係で、3歳～5歳くらいの子供たちをずっと見てきた。あどけない純真な子供たちばかりだ。そういう純真な子供たちの何パーセントがやがてゴミを捨てるようになると考えると、何やら寂しい気持ちになる。

日本の街並みは美しいし、道路のゴミの少なさにも驚くというのは、多くの外国人の感想だという。そう言われたらなるほどそうかもしれないが、隠れてあるところにはあると言いたいのだ。犬の糞も落ちている。紙屑を拾って、ぐにゃっとした感触があると、たいてい犬の糞である。なかにはまだ生暖かいものもある。

そのとき一瞬、腹の中がムッとするが、素手でゴミを拾うようになってから手の感触が敏感になってきた。

継続は力なりと言うように、ゴミ拾いは私の健康維持にも役立っている。前かがみにゴミを拾うことで前屈運動になり、視線を絶えず動かすことで目の運動にもなっている。おかげでこの年になっても老眼鏡とも無縁である。

「捨てる人は拾わない。拾う人は捨てない」。私は、拾う人間になれたことに感謝する毎日である。

初心を忘れないためにも

企業は、人や社会に対して何らかの役に立っているから存続できる。放漫経営で会社が倒産すれば、社員やその家族ばかりでなく、取引業者にも多大な迷惑を及ぼしてしまう。収益を上げて社員に給料を払い、税金を納めること自体、立派な社会貢献の一つと言えるわけである。

しかし近年、利益至上主義が行き過ぎて、超一流といわれる大企業のなかでコンプライアンス（企業責任）に反する事件が目立っている。たとえば、ＪＲ西日本の新幹線の台車にひび割れが出来たまま走っていたという最近の問題は、その台車の鉄鋼の厚さが品質基準以下であることが、調査の結果わかった。その台車のメーカーはたしか川崎重工業だったと思うが、ここ数年、こうした事例は枚挙にいとまがないほど世間をにぎわしている。

ちなみにエールが販売する体育遊具の鉄パイプの厚みは、耐久年数を長くするため通常（他のメーカー）の2倍ほどある。剥げかけたら塗装をし直すなどのメンテナンスをしっかりすれば、さらに長く使えるだろう。経営的観点からしたらマイナスだが、安心安全のコンプライアンスのほうが最優先だ。

使い捨て文化が浸透した近年の電化製品は、新商品への買い換え需要を見込み、保証期間は5年間というのがほとんどである。それは企業存続の保証期間ともいえるが、人の命を乗せて走る新幹線の台車がこれでは困る。

なぜ、こうした問題が起きてくるのか、その要因を追究していったら、経営陣や組織の体制とか、利益至上主義を生み出す背景としての過当競争など、いろいろと考えられるだろうが、突き詰めていけば結局「組織と人」の問題に尽きるのではないだろうか。

大企業の経営陣ともなればたいていは一流大学出のエリートである。同期のライバルと競り合って出世街道をのし上がり、企業のトップになったところで所詮は雇われ社長。会社の経営が順風満帆のときはいいが、いったん経営が悪化すると、創業者の苦労や理想や理念を忘れて利益至上主義に走りやすい。最近のコンプライアンス事件のほとんどは、そんな背景が想像されるのだ。組織のなかのシガラミのある「人」が自己保身のためだけに事件を起こすのだ。

矛盾のない仕事をしたいと若いときに思ったから、今の私がここにいる。琵琶湖の景観を守りたいから、朝の散歩のゴミ拾いを続けている。ちょっと大げさかもしれないが、健康維持をかねたライフワークである。

もし若いときに周辺の環境に妥協しながらサラリーマン生活を続け、独立しなかったら、はたして私はどんな人生が待っていただろうか。まったく想像できないことなのだが、仮にそうだったら、私もシガラミの中で自己保身に長けた人間になっていたかもしれない。人間は弱い。自分が可愛い。だから誰にも起こりうることだ。

幸いにも私は独立し、ヨシカワ商事を創業して約半世紀、第二創業のエールも順調に成長し、毎日充実した生活を送らせてもらっている。そういう感謝の思いもあり、若いときの初心を忘れたくないという思いがあるからゴミを拾うのだ。

私が朝一時間ほどゴミを拾ったところで周辺の環境全体からみたらたいした美化運動にもなっていないだろう。しかし私はかつて環境問題（石けん使用運動など）を周りに呼びかけて熱心に取り組んできたので、その延長のつもりで多少の義務感と責任も感じてゴミ拾いを続けている。最近では会社周辺の街路を、そこの社員がそろって掃除をしたりする光景も見かけるが、私の場合、あくまでも朝の散歩ついでのゴミ拾いである。

テテなし子

早朝の散歩はとにかく清々して気持ちがいい。毎日、琵琶湖から流れる瀬田川沿いの同じコースを歩いているが、四季折々の風景の微妙な変化に、思わず足を止めて感動することも度々だ。ゴミを拾いながら時折ふと、子供のころの記憶が蘇ったりする。

私は終戦の一年ほど前、昭和19年9月20日、八日市市の片田舎・中野村（現、東近江市小今町）に生まれた。海軍軍人だった父親は南方に出征し、私が生まれる40日前、昭和19年8月10日に戦死した。しかし母に戦死の知らせが届いたのは翌年の8月だった。

私は2歳のとき、父の実家を出て母の実家（中尾家）でお世話になることになった。

小学校に入るとクラスの遊び仲間から「テテなし」と呼ばれていじめも受け、よく喧嘩もした。父は国を守るために戦い死んだのに、なぜいじめられるのか。父に会うことができたら直接聞いてみたいと、どれほど悔しく思ったことか。

私の父は三人兄弟の三男で、父の長男に当たる伯父さんに「吉川家を復興しろ」と励まされたことがある。まだ小学校にも上っていない五歳頃だったと思うが、なぜか「フッコウ」という言葉だけを鮮明に覚えている。

当時の小今町は小さな山村で、葉タバコの生産地だった。

葉タバコは収穫したあと、一枚一枚5メートルほどの縄紐に編んでいき、それを乾燥小屋にある何十段ものフックに掛けていくのだが、その作業は大変な重労働だった。それから薪を焚いて24時間温度調整をしながら十分に乾燥させて出荷する。

葉タバコは年一度の貴重な現金収入である。一枚一枚がお金に代わるのかと思うと、子供心にもおろそかにできない。中尾家でも葉タバコを生産していたし、収穫した葉タバコを乾燥させるために、毎日薪を焚くのは子供の仕事だったので一生懸命に手伝った。

収穫時期には専売公社の人がやってきて葉タバコの等級を決めていく。等級によって買取り値に大きな開きができるので、農家は真剣そのものだ。等級検査をする専売公社の人がエラそうな態度に見えた。大人になったら専売公社に勤めようと、ふと思ったことを思い出す。

葉タバコ出荷の日は年に一度、各農家に現金収入が入り、どの家でも定番の御馳走はスキヤキだ。「今日はスキヤキや」と思うと、学校にいて一日ソワソワしたものだった。

「吉川家を復興しろ」と伯父さんに言われたのが五歳頃としたら、まだ戦後4年の昭和24年のことである。この年の昭和史を見ると、NHKが戦後初のTV公開実験、湯川秀樹博士がノーベル物理学賞を受賞、プロ野球の新球団が次々に創設されセ・パ両リーグになったなど、戦後復興の明るい兆しが見えている。しかし断片的な私の記憶映像には、貧しい農山村の風景が断片的に思い出されるだけだ。

戦後まもない食糧難のなか、村で買ったヤミ米を背負って行くおじさんやおばさんをよく見かけた。いまでこそビタミンを多く含む麦まじりのご飯は健康食と言われるが、時の大蔵大臣・池田隼人が、「貧乏人は麦飯を食べたらいい」との発言で物議をかもしたのは１９５０年（昭和二十五）のことである。

村でお米に困ることはなかったし、中尾家のご飯は麦飯ではなかったが、農家では庭に放し飼いにしたニワトリを食べるのがめったにない御馳走だった。子供たちはいつも腹を空かし、おやつ代わりにイナゴや蜂の幼虫を捕まえてはよく食べた。自然のなかの生きた命をいただくのは子供の本能的な特権だったのだ。

どこの農家でも牛を飼っていて、「牛を売って現金が入る」という暮らし。稲刈りの手伝いでヒルに血を吸われ、ムカデやハチにもよく刺された。家の隣に神社があり、神社の杜の木に登ったり、お寺の境内や原っぱでチャンバラごっこをしたり、陸軍の飛行場跡で竹とんぼを作って飛ばしたり……。そんな断片的な記憶が懐かしい。昭和二十年代の農山村の子供たちは、おそらく全国でどこでも似たような体験をしたことだろう。

昭和史のグラビア写真を見ると、東京などの大都会には浮浪児も多かったようだ。戦後の虚脱感からかヒロポンという麻薬が氾濫し、浮浪児の少年がその注射を腕にうっている写真も見た。片親の子供は当時たくさんいたのだろうが、さすがに私の村にそういう浮浪児は見なかった。

今思えば良かれ悪しかれ、テテ（父）なし子であったことが、自立心や生活力といった意味で私を強くしてくれたのだと言える。私がもし独立していなかったらということが想像できないように、父親が生きて帰っていたら、自分はどんな人間に成長していたのかということも想像つかないのだ。

とにかく私はいつも居候の負い目を感じながらも「吉川家の復興」を胸にひめた活発な少年だった。母の弟にあたる叔父さんにはよく可愛がられ、小学校五年の誕生日に自転車をプレゼントしてくれた。飛び上がって喜んだことを思い出す。

自転車は私にとって生活の糧となった。少しでも母の暮らしの助けになりたいと思っていたので、小学校五年から牛乳配達を始めたのだ。中学を卒業するまで牛乳配達を続けたおかげで朝の早起きは習慣となった。

「学校の先生になりたい」

多くの家では空き瓶を洗って玄関口の牛乳箱にきちんと納めてあったが、門構えの立派な金持ちの家に限って、飲み残しの牛乳瓶のままだったり、瓶を洗ってもいないことが多かった。世間というのはこういうものかと、子供心にも情けない気持ちになった。

挫けそうになったこともあるが、牛乳配達をさせてもらったことには感謝しなくてはいけない。牛乳店のおじさん・おばさんには可愛がられ、励ましも受け、一つのことをやり遂げる、継続することの大切さを教えられた。少しなりとも家計の足しになったし、私の心身も鍛えてくれたし世間勉強にもなった。

先述したように私は20代半ばに通風を患ったことをきっかけに、マクロビオティックなどの食養を学んでから、牛乳は飲まなくなった。一言で言えば、飲む必要がないし、健康のためにはむしろ飲まないほうがよいからだ。

戦後、カルシウムが豊富な牛乳は骨の成長に欠かせないということで学校給食に粉ミルクが配給された。新鮮な牛乳とは程遠い、粉末ミルクをお湯で溶かしただけの牛乳だ。独特な匂いがして、美味しいとは思わなかったが、空腹を満たすものなら何でも食べていたので何の疑問もなく飲んでいた。

しかし最近では、乳たんぱく質の80%を占める「カゼイン」を分解できないということや、とくに日本人(80%の人)の体質は、牛乳の糖質である乳糖を分解できないということもだいぶ知られるようになっている。あるいは、乳ガンの発症に牛乳が関係しているとの指摘もあり、牛乳を敬遠する人は増えているようだ。

日本人の食生活を西洋化するアメリカの食料戦略の一環として牛乳の普及がはかられたという

ことも広く認識されるようになった。

戦後、アメリカに六年八カ月占領された日本では牛乳神話が一挙に広がったおかげで、私のように牛乳配達や新聞配達でお小遣いや生活費を稼いだ子供は全国にたくさんいただろうと思う。それはそれで感謝するとして、牛乳配達で今でも忘れられないことは真冬の辛さである。

近年は全国的にも積雪量が少なくなったけれど、当時は道が見えなくなるほど雪がよく積もった。雪道では自転車に乗れないので押していくしかない。自転車の前後に1ケース、後の荷台に1ケースを積んでいる。いまのように紙パックではなく牛乳は瓶に入っているので重たい。雪道で滑るとケースのなかの牛乳瓶を割ってしまうので、そろりそろりと慎重に進むものだから、通常の倍の時間がかかった。ようやく配達が終わるころ登校する生徒たちと顔を合わすことになる。そんなとき、涙こそ出なかったけれど、「なんでオヤジは戦争に行って死んだんや」と悔しい思いが湧いてくるのを止めようがなかった。担任の先生には、こう教えられていたからだ。

「先の戦争では日本が悪かった。他の国を侵略したのだからな。戦死したのは気の毒だが、自業自得の戦争だった」

私はショックを受けたその日、「おやじは自業自得で死んだんや」と言って、母親を困らせた。

「靜雄、そんなこと言ったら罰があたるで。あんたももっと大きくなったらわかる」

母は泣きそうな顔をして言った。

今思えば、父にも母にも申し訳ないことを言ってしまったと慙愧の念にたえないが、その当時は左翼思想が隆盛で、幅広い世代がその影響下にあったのである。

私が教育に少し目覚めたのは牛乳配達によって世間を知ったことと、その頃の担任教師の影響だったことは間違いない。

「もっと勉強して、学校の先生になろう」と漠然とながらも考え、そのためにも高校には必ず行こうと思った。その先のことはわからなかったが、とにかく先生のように子供達に教えられるような人間になろう、と。私が母を困らすほどに、先生の言葉の影響が大きかったということである。

アルバイトに精を出した高校時代

高校への進学率が初めて50パーセントを越えたのは、1954年（昭和二十九）のことだというから、私がちょうど十歳のときである。しかしその当時、私の住む中野村では中学卒で働く人がほとんどで、地方の農山村の高校進学率は20%程度ではなかっただろうか。だから高校に進学したら先生になれると私は単純に思ったのかもしれない。

それはともかく、私が県立の八日市高校に進学した年（1960年）以降、急速な高度経済成長と歩調を合わせるように高校が次々と新設されていった。高校進学率の推移は、昭和40年（70%超）、昭和45年（80%超）、昭和49年（90%超）、平成22年（98%）となっている。

牛乳配達では小遣い程度しか稼げないので、高校に入ってからはさまざまなアルバイトで生活費を稼ぐようになった。そのため部活などはいっさいできなかった。

近くに住む母の姉の嫁ぎ先がミシン屋を営んでいたので、夕方からそこに行っていろいろな雑用仕事を手伝い、晩ご飯を食べて9時頃に帰宅するという毎日で、日曜日には農作業の手伝いをしてよく働いた。

戦時中、家庭用ミシンの製造が禁止されて軍用ミシンだけの制作だったが、終戦を迎えると工業用と家庭用ともに飛躍的に増大し、輸出されるまでになっていった。

その背景には、１９５０年（昭和二十五）頃から始まったガチャマン景気という現象がある。当時の日本経済を支えたのは「繊維」、「紡績」といった糸偏の業種が儲かったことから「糸へん景気」と言われるが、機織り機械をガチャンと織れば万の金が儲かるということで、「ガチャ万」とも呼ばれたのだという。もちろん当時の私はそんなことは少しも知らなかったが、全国各地の小さな山村に販売・修理もおこなうミシン屋ができるほど「家庭用ミシン」（足踏み式ミシン）が普及していったのがこの頃だった。

家庭用ミシンの普及ひとつにしても時代世相が浮かび上がってくる。女性は結婚すると専業主婦になるのが一般的であったし、女性の職場そのものが少なかった。家計のやりくりをするには内職しかない。そこでミシンがあれば家で副収入を得られるということで、嫁入り道具の一つとして定番になったのである。

ところが、親類のミシン屋が日立の電気店に早変わりしてしまった。たしか私が高校一年のころだったと思うから1961年（昭和三十六）である。

「もはや戦後ではない」と、経済白書「日本経済の成長と近代化」の結びで記述されたこの言葉が流行語になったのは1956年（昭和三十一）。その前年（1955年）から日本の高度経済成長が始まり、「神武景気」の幕開けの年ともなった。家電を中心とする耐久消費財ブームが始まり、皇室の三種の神器にちなみ、冷蔵庫・洗濯機・白黒テレビが「三種の神器」と言われ、大衆の消費意欲を刺激した。

昭和史のアルバムには、大人気だったプロレスラーの力道山の試合を見るために、都会の街頭では電気店のテレビに人々が群がる写真が見られる。それほどまでに白黒テレビはまだ庶民にとって高嶺の花だったのだ。

にもかかわらず、社会評論家の大宅壮一が、将来のテレビ文化を称して「一億総白痴化」と発言した言葉が、この年（1956年）の流行語になった。「テレビというメディアは非常に低俗なものであり、テレビばかり見ていると人間の想像力や思考力を低下させてしまう」という意味合いの言葉だが、先見の明と驚くほかにない。

親類のミシン屋が電気店に変身したのはそれから5年後ということになる。ミシンは一家で一台買ったらおわりだから、この先が見えていると思ったのだろう。さすがにこの頃は「三種の神器」ブームも本格化していたので、私のアルバイトは多忙になった。テレビのアンテナ立てのため屋根に登ったり、冷蔵庫や洗濯機の配達などのほか、井戸の釣瓶に代わって簡易水道にする日立のポンプを設置した。地面を掘って井戸から家の水道蛇口までの配管工事もしていった。

井戸水を汲みあげて重い水桶を運ぶのは非力な女性には重労働である。一家の主婦にとって冬はことに辛い。水道蛇口をひねるだけで水が出るというのは生活の大革新だったから、行く先々の農家の主婦たちに喜ばれ感謝された。

大人たちの世間話に耳を傾け、農家の暮らしぶりなど社会勉強もかねたおもしろい経験をさせてもらった上に、牛乳配達の数倍の収入を得られたのはありがたかった。

これからは高卒ではだめだ、大学にいかないといけないと思い始めたのも、アルバイトを通じて経済の流れや厳しい世間を垣間見たからである。

「一億総白痴化」とテレビゲーム

テレビをはじめ三種の神器はよく売れたが、電気屋になりたいとは思わなかった。居候生活の村社会から、もっと広い世間に羽ばたきたかった。当時の多くの学生がそうだったように私は左翼的思想に傾斜していたので、労働者のためになる何かを身に付けないといけないと考えた。そのためにはどうしても大学に行くしかないと、高校三年のとき心に決めていた。

私が高校を卒業するころには八日市市でも高校進学率はだいぶ上がっていたが、小今町の戦後大卒第一号は元庄屋の息子だった。当時はまだ、大学は金持ちの家庭か学者になるような賢い人がいく所という世間一般の見方があったように思う。

しかし私は、高校時代のアルバイトで狭いながらも世間を知ったことで、何としても大学に入りたいと思うようになった。学校の先生もいいかもしれないが、多くの労働者の味方になるには法律を勉強して社会の仕組みを知らないといけない。大学の法科なら就職するにも有利だろうと、周辺の大人たちの意見も聞いて考えたのだった。

こうして立命館大学の夜間に入学したわけだが、第一章で述べたように、ゼミのクラスで浅井清信先生の「労働法」を採ったことが、初めての就職面接でアダとなってしまった。その時はものすごく落ち込んでしまったが、それもしかし人間万事塞翁が馬（にんげんばんじさいおうがうま）であったことは、27歳（昭和四十七年）で独立したときに実感した。私はやはり小学生のときに漠然とながらも憧れた「教育」に関わる仕事へ回帰する運命だったのだ。高校の漢文の授業で習った「鶏口となるも牛後となるなかれ」という諺が、ずっと頭にこびりついていた。それもおそらく、私を独立の道にすすませたのだと思う。

人間の捉えかたとして、性善説と性悪説がある。単純には言えないが、どちらかと言えば教育は性善説で、法律は性悪説で人間を捉えている。私自身、性善説で考えるほうなので、法律よりも教育関係が向いていたということだろう。

ところで、私が独立した年より七年前（１９５６年）、大宅壮一が生み出した流行語の「一億総白痴化」は、今で言えば「テレビゲーム」がこれに当てはまるだろうと思う。学級崩壊、すぐキレる子供たちの増加などは明らかにテレビゲームの流行と時期を同じくしており、脳科学の分析結果でもテレビゲーム依存症の子の脳は前頭葉が壊れかけているという。

何兆円もの市場を生み出したテレビゲーム業界が、テレビゲームそのものは依存症の原因ではないと言っている。タバコやアルコール、博打にしろ依存症はあるのだから、各人の自立心や自己責任の問題だと言いたいのだろうが、小さな子供に対してそれを言うのは酷な話である。そこで、子供のテレビゲーム依存症の責任は親にあるという意見も出てくるが、一日中子供を監視できるはずもないし、依存症の子供は親の目を盗んでゲームに没頭する。

テレビゲームで儲けている業界を性悪説で攻めたて、厳しい罰則を科したところで問題は解決しそうにない。WHOではついに今年（2018年）の夏、テレビゲームの功罪について注意勧告のコメントを盛り込むことになったが、それにしても大きな効果は期待できない。

結論として言えることは、脳科学者や幼児教育関係者が言っているように、テレビゲームよりずっと楽しくて面白い遊びや運動の機会を、子供に与えていくことである。

私の子供のころは森や原っぱが遊び場だった。夕暮れになるまで泥んこになって飛び回っていた。遊びは子供の生活であり、生活が遊びである。しかしいまは、子供の誘拐事件などもあって昔のような原野遊びの復活は、大人と一緒でないと望むべくもない。行き場を失った子供たちがテレビゲームに夢中になるのは、大人たちの責任である。

私は、ヨシカワ商事（学研の代理店）の仕事で保育園・幼稚園を訪ねるようになってから、テレビやテレビゲームの悪影響というものを肌で痛感するようになり、その危機感の思いからよしかわ書房も経営し、子供を夢中にさせる安田式遊具にもたどり着いたのである。

モーレツ社会と三島由紀夫事件

地方公務員として働きながら立命館大の夜間部に通いはじめた昭和四十年以降、大学紛争が全国各地で次第にエスカレートし、やがて高校にも飛び火した。

そんな激動のなかでも１９６９年（昭和四十四）、米宇宙飛行船アポロの月面着陸のニュースが未来世界を明るく照らした。この年に私は大手生保会社に男子営業の幹部候補生として転職した。マイホーム建築というささやかな夢の実現のために、文字通り寝食を忘れるほど猛烈に働いた。もちろんモーレツなのは私一人ではなく、大学紛争など無視するかのように、社会全体が高度経済成長の波に乗ろうと猛烈に動いていた。

その世相を象徴するように「ｏｈ！ モーレツ」という流行語が小さな子供の間にも流行った。丸善石油（現・コスモ石油）のハイオクガソリンのＣＭのなかで、モデルの小川ローザのスカートが風にめくるシーンがあり、それを小学生の子供たちが真似したりした。

三島由紀夫事件が起きたのはその翌年（１９７０年）11月25日のことだった。作家の三島由紀夫が、憲法改正のため「楯の会」のメンバーを伴って市ヶ谷駐屯地で自衛隊の決起（クーデター）を呼びかけた後、割腹自殺をした事件である。楯の会のメンバー森田必勝（25歳）が介錯して三島の首を落とす念の入り様だった。

日本国中に大きな衝撃をもたらしただけではなく、国際的にも著名な作家の行動だけに世界の人々をも驚かせた。そのとき私はどう思ったのか……。大きな衝撃を受けながらも同時に、「なんという派手なパフォーマンスを！」という冷めた感想だった。おそらくそれが世間一般の感想だっただろうと思う。私の周りの友人知人と話しても、似たような感想で、しばらくすると話題にも上らなくなった。そうした反応でこの事件が忘れられたのは、三島由紀夫という特異な作家のイメージがあったからだろうと思う。

三島は東大を卒業後大蔵省に入省したが、すぐに退職して人気作家になった超エリートだった。青白いインテリでひ弱な肉体を自己嫌悪して、ボディービルや剣道・居合道などに精進して体を鍛えていった。そしてボディービルで鍛えた裸体をマスコミ誌で披歴（ひれき）してみたり、右翼団体「楯の会」を結成して自衛隊入隊体験をするなどして常に世間に話題を提供し、自己顕示欲の強い作家というイメージが定着していた。いわゆる一般市民とはかけ離れた存在だった。

私は政治活動をしていないものの心情的左翼であったからなおのこと、三島事件は右翼団体の跳ね上がりぐらいにしか思えなかった。心情的左翼にかぎらず保守系の人さえも、その程度にしか思わなかったのではないだろうか。あるいは、その主張はさておき、割腹自殺という訴えがおぞましく、あまりにも時代錯誤の行動にみえて、思考停止に陥ったとも言える。

しかし……、およそ半世紀前の思考停止を巻き戻し、今改めて三島事件を振り返ってみると、そのやり方には賛同できないにしても、三島が訴えた悲壮なメッセージは理解できる。

大学の学園紛争が沈静化してから十数年ほど後、一九八〇年代から学級崩壊・家庭内暴力や家庭崩壊・引きこもり・いじめ自殺といった社会現象が増えていった。日本の歴史はゆがめられ、日本人の誇りは失われ、義務を放棄して権利ばかりを主張するエゴ肥大の蔓延……。一部の大手メーカーが企業モラルをかなぐり捨てて利益至上主義に走るのも同じ延長線上にある。

三島由紀夫は享年45歳だったが、生きていれば今年93歳だ。１９１９年（大正八）生れで、98歳で亡くなった安田祐治先生よりまだ5歳も若い。もし三島由紀夫が生きていたら現代社会にどんなメッセージを発しただろうか。そう思うにつけ、惜しい命の使い方だったと、悔やまれるのである。

食育と健康

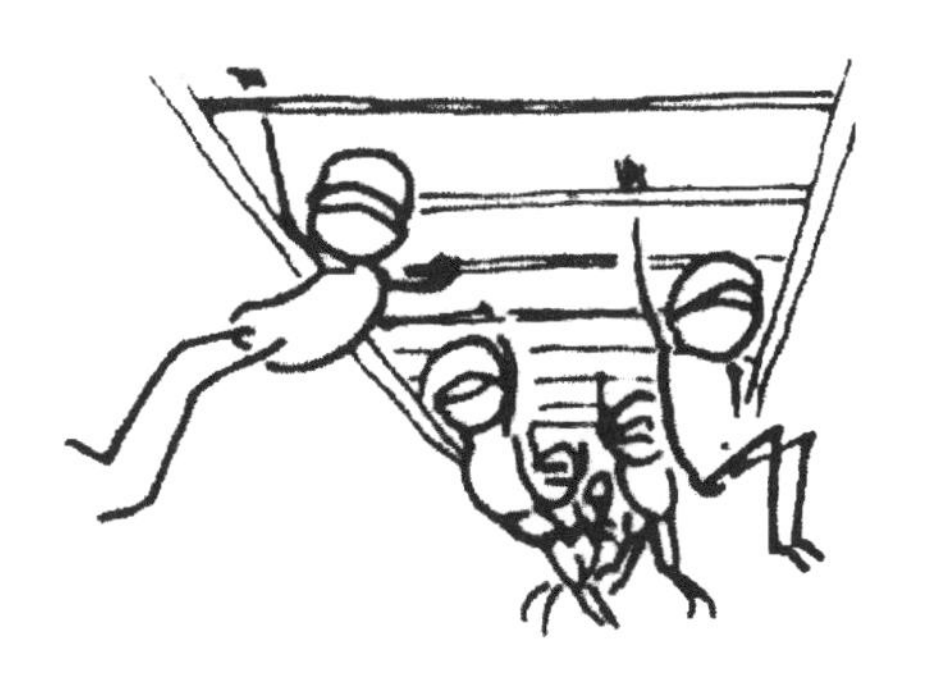

本物は続く　続けると本物になる

東井　義雄

本当のものを知らないと
本当でないものを本当にする。
幼児期こそほんものの体験を。

吉川　靜雄

幼児教育の基本としての「食育」

「はじめに」で述べたように、一口に幼児教育といっても、その奥行きは深く、視点を変えたらさまざまなテーマがある。ましてや「教育」となれば、なおさらにその奥行きや幅が広がってしまう。

実際のところ「教育」の文字から受ける概念や意味合い、あるいはイメージまでもが、人によってそれぞれ異なるだろう。猛烈な教育ママ・パパからしたら、教育とは他人より優れた点数・学力、すなわち「知育」優先ということになる。そんなことより、子供を徳のある人間に育ててほしいと願う親は、「徳育」を重視するかもしれない。あるいはまた、運動の万能選手を望む親なら「体育」に力を入れてほしいと言うかもしれない。

このように教育に対する考え方は人さまざまだが、戦後の教育で意外に忘れられていたのが「食育」である。

１９７１年（昭和四十六）、責任あるポストにあった生保会社を辞職して、幼児教育の会社（現・ヨシカワ商事）を創業した時、私は27歳だった。ちょうど父が戦死した年齢でもあった。父がどんな思いで戦死したのかわからないが、妻と子（私）のことはもとより、日本の未来を案じていたにちがいない。だから「日本の子供達の未来を輝いたものにしたい」という私の創業の思いは、亡き父も理解してくれるだろうと思った。

ところが意気揚々と創業したとたん、しばらくして突然の痛風が私を襲った。足先に激痛が走りまともに動けない。痛風は当時、西欧では帝王病と言われ、金持の贅沢病とも言われたが、そんな贅沢で育っていない。今でこそ珍しくない病気だが、当時の日本ではほとんど知られておらず、私は京都大学病院の痛風外来、第一号患者となってしまった。

「薬を飲み続けなければ40歳代で糖尿病、最後は人工透析をうけるしかなくなる」と医師から忠告され、まさにワラにもすがる思いで薬物（ザイロリック等）治療を始めたのだった。

しかしある時、飼犬が体調の悪いとき、散歩途中に草を選びながら食べて自ら治すのを見て感動した。野生動物の世界に病院はないのだから自分の病気は自分で治すしかない。ほとんどの成人病は食原病、すなわち食が原因で病気になるのだったら、食を見直し、食で病気を克服するのが本当ではないのかと考え、薬を絶って食事療法に切り替えた。以後私は今日まで薬は飲んだことがないし、健康診断も受けたことがない。

桜沢如一の食養（マクロビオティック）を勉強し、大阪の正食協会の料理教室に通い、玄米食と水飲み健康法で根気よく治していった。そんなときに、明治の偉人と言われた村井玄斎の著書にも出会ったのである。なんとそこには、その頃の私が実感していたことが、ズバリ書いてあった。

「これからの幼児教育は、知育・徳育・体育よりも食育が先」

以来私は、断食を体験したり、日本総合医学会の「食養リーダー」の資格を取るなどして、保育園・幼稚園を訪問するたびに園長はじめ先生方に「食育」の重要さを説いていった。ちなみに日本総合医学会は、「食事で治そう生活習慣病。自分で延ばそう健康生命」というものを基本理念に一般に広く指導をしているＮＰＯ法人である。

戦後の日本は食糧難の時期でもあり、アメリカの食料戦略もあって食の西洋化（パン、牛乳、肉食）がすすんでいった。それに合わせてカロリー主義の西洋栄養学も普及した。その一方で長年蓄積された東洋の知恵（漢方医学や食養、伝統食）などが忘れられていった。

保育士の先生方は当然、栄養学も学校で学んでいるけれど、食養（マクロビオティック）のことや東洋の伝統的な知恵についてはほとんど学んでいない。そこで私がそういう話をすると、興味津々に耳を傾けてくれる。このことは私にとって大きな発見でもあった。というのも、私から先生方に良い絵本のことや教材を勧めたりすると、あまり盛り上らず、あっさり断られたり、時には嫌な顔をされたりもしたからだ。そこで私は、幼児教育のプロの自負と自尊心を傷つけていたのかもしれないと気付いた。営業マンとしては失格だ。

ところが「食育」については、私自身の実体験もあることから熱心に耳を傾けてくれる。営業の基本は、商品よりも先ず自分を売り込むことにある。食育の話をしながら話題を広げていくことで、親しみと信頼感を勝ち得るわけである。そのうち、

「吉川さん、この食材は子供たちにいいかしら」とか、「安全安心な無添加食材がないかしら。あったら購入します」といった要望をされたり、また私は自然系の「石けん運動」をやっていたことから、「食育と環境」についての講演などもぼつぼつ依頼されるようになっていった。講演で話すためにも食育・健康・医療に関する本（巻末の書籍リストに紹介）はいろいろと読んできたが、免疫力をダメにする薬はいっさい飲まない、という私の選択は正しかったと確信したのである。

禍福はあざなえる縄のごとし、という諺がある。もし私が痛風になっていなかったら、「食養」の重要さに気づいていなかったかもしれない。気づいていたとしても、随分後のことだっただろう。病気（痛風）はまさに私の「気づき」のきっかけを作ってくれたのである。

本物の食材へのこだわり

日清チキンラーメンが発売されたのは1958年（昭和三十三）、私が14歳のときである。爆発的に売れてインスタント食品の先駆けとなり、添加物・保存料いっぱいの加工食品がどんどん

増えていった。

戦後、日本政府は全額国庫負担で小麦、ミルクをアメリカから購入して学校給食継続をはかった。その背景には当然、アメリカの食料戦略があった。

アメリカは余剰農産物処理法（ＰＬ４８０）を成立させ（１９５４年）、日本に対する農産物輸出作戦に官民挙げて本格的に乗り出した。さらに、欧米流の栄養学、食生活の普及、定着が必要だとしてパン、畜産物、油脂類などの普及を意図した「栄養改善運動」に取り組み、日米共同の食生活改善運動が推進された。

活動資金の多くがアメリカ側から提供されたが、そのことは当時も今もタブーとして長く伏されてきた。西洋食の普及にあわせトウモロコシ原料の油脂の消費拡大のため、昭和三十～四十年代（１９５５～１９７５）には、油炒め料理を普及する「フライパン運動」が全国に展開された。キッチンカーが小さな村々まで巡回して人気を呼び、マスコミはこぞってこれをとりあげた。こうして十分下地ができたとき、１９７１年（昭和四十六）に日本マクドナルド一号店が東京銀座にオープンした。

西洋食にかたよった食の在り方を見直そうと、「食養」がマスコミにも取り上げられるようになったのは、それからしばらくしてからだったと思う。むろん環境問題に取り組んでいる人やマクロビオティックを学ぶ人たちの間では、それよりずっと以前から食養は常に重要なテーマだったが……。

食育や環境問題の勉強をしていくと、世の中にはけっこう本物にこだわっている作り手に出会う。食に関してのホンモノとは、作物の栽培に農薬や化学肥料は使わず、食品加工では無添加で保存料なし、が基本である。簡単に言うけれど、作り手にとっては、これが難しい。

一般農家の話を聞けばそれがわかる。

「無農薬・有機農業といっても簡単じゃない。作物が病気になったら畑全部に広がってしまう。そうなっても保証はないから、するもんじゃない」

およそこんな話が聞けるのだが、無農薬・有機栽培にこだわった生産者は違う。

「そりゃ、虫にはやられるし、作物特有の病気にもかかったりで生産量は減ります。だからといって農薬や化学肥料を使ってまで農業をしようと思わない」

というように、意見は二つ、はっきりわかれる。では、消費者のほうはどうかと言えば、「できれば無農薬有機のほうがよいけれど、値段が高いし、見た目も悪いから」といった理由で無農薬有機野菜を敬遠してしまう。実際、安売りスーパーなどに並んでいる農作物の大半は、一般農家の作ったものである。第一、無農薬・有機野菜では、全国の消費者を賄うだけの量が生産されていないからだ。

この話題をここに取り上げたのは、農作物に限らず、加工食品全般においても同じようなことが言えるからである。大手食品メーカーが全国に食品を供給しようとすると、食品添加物・保存料などを使わざるをえない。と言うと、「そんなはずはない、食品添加物・保存料を使わない良心的な食品メーカーもあるじゃないか」という意見が出てくるが、その場合、おそらくその食品メーカーの規模からして、全国に供給するだけの量を作っていないか、賞味期限内に売り切れる限定商品として供給しているのだろうと考えられる。

添加物や保存料を使わない加工食品は、無農薬有機野菜と同様にだいたい値が高い。したがって、普段は「安心安全」を望んで口にする消費者でも、その多くが安い方を選択する。これが需要と供給の市場原理というものである。私はそれを否定するつもりはないけれど、ヨシカワ商事として取扱いたいのは、子供たちの健康第一の商品であることは言うまでもない。

私は、食育を学びながら、そうしたホンモノの食材を探し求めていった。

本物にこだわる人、すなわち無農薬有機栽培で作物をつくる生産者、無添加・無保存料でつくる加工品メーカーの経営者に出会って話してみると、市場原理から一歩も二歩も離れたところでモノづくりをしていることがわかる。自然環境の保全、尊い命への畏敬の念などを持ちながら、食べてくれる人たちの健康第一につくっている。こんなことは当然といえば当然なのだが、子供たちが好んで食べているのは、砂糖まみれの駄菓子や添加物いっぱいの飲料水である。国が認定している食品添加物の数にしても、農薬や除草剤・殺菌剤の種類の多さにしても日本は先進国中ダントツである。

私は、食品の販売をするためにヨシカワ商事を設立したわけではない。だが、こうした現状を見るにつけ、また幼児期の食育の重要さを知るにつけ、ホンモノの食材を提供することが当社の役割の一つでもあると確信するようになった。

「体質改善は排泄（尿・汗・便）にあり」

ヨシカワ商事として半世紀の間に取り扱ってきた食品のアイテム数は6、7点である。創業の当初は、あくまでも教育（本業）のなかの付加的サービスとして「食育」を提供するというスタンスだったが、口コミなどでしだいに評判が広がり、関西・近畿圏にまで営業エリアを広げていった。

私が最初に扱ったのは醬油だった。スーパーで売っている醬油の値段の4倍ほどした。国産の丸大豆を無添加無保存料で伝統的な製法でつくられ、味も香りも最高だった。

保育園・幼稚園をはじめ保護者たちは、私の講演のあと、この醬油を競うように買ってくれた。ところが、「無くなりかけたら、ヨシカワまでご注文を」と言っていたのに、その後の注文は皆無に等しかった。私は何もこの醬油で儲けようなどと思ってもいないし、注文数も知れていると予想していたが、さすがにガックリした。先に述べたように、いくらホンモノであっても市場原理のなかではなかなか普及が難しく、売れてもその数量には限界があるということだ。

しかし私は、これはと思うものは、次々と仕入れて販売した。

豆乳、青汁、健康ふりかけ、固いお菓子、キシリトールガムなどである。豆乳を取り扱い始めたのは平成25年からで、ほかの食品よりもだいぶ遅かったが、先に書いた牛乳の話の続きとして、水川明さん（アロマ株式会社）の豆乳を紹介したい。

豆乳の原料である大豆は、畑の肉ともいわれるほど栄養価（タンパク質は33％）が高い。しかも脂質、炭水化物、食物繊維、カリウム、カルシウム、マグネシウム、ビタミン類など様々な栄養素が含まれたバランスのよい食材として知られ、昔から日本食に多く使われてきた。そこで一九八〇年代以降、健康志向の高まりとともに牛乳に代わるものとして豆乳が多く出回るようになっていった。出始めた当初は物珍しい感じだったが、いまでは何種類ものメーカーの豆乳がスーパーの棚に並んでいる。

無農薬有機栽培の大豆使用という、こだわりの豆乳も出回っている。だからヨシカワ商事で豆乳を扱う考えなど全くなかったのだが、水川明さんと出会ったことで一転してしまった。

水川さんが開発した豆乳は、「大豆・皮まるごと」使うことで、食物繊維・イソフラボン・レシチン・サポニンなど微量栄養素もたっぷり入っている。通常、豆腐や豆乳をつくるとき大豆をすり潰して粉末にするそうだが、この方法だと舌がザラつきを感じない粒子（20ミクロン以下）にすると、摩擦熱で酸化し、栄養素もほとんど消失してしまう。ところが水川さんのところでは、超高速で「大豆と大豆を同体衝突させる」ことで摩擦熱を生じさせず、平均18ミクロンという粉末にするのだという。その製法を聞いて「なるほど」と思ったが、肝心の味はどうかというと、大豆特有の匂いもなく、実に美味しい。むろん大豆は無農薬有機栽培のものを原材料に選んでいる。

私が感動したのは、原材料や製造法のこだわりだけではない。私より七歳年上の水川さんは、若い頃から先天性と後天性を合わせて九つもの病気（高血圧・糖尿病・胃潰瘍・右半身軟骨腫など）に苦しみ、病院への入退院を４回も繰り返した後、「自分の病気は、自分でしか治せない」と決断し、「食は一物全体」を摂ることを実践されてきた。そして、一物全体の理想の食材である大豆を超微粒子にする技術に出会うことで、「体質改善は排泄（尿・汗・便）にあり」ということを確信するに至ったというのである。そして講演では「国民医療費を半分にしましょう」と熱く語られる。私は全面的に大賛成だ。

国民医療費が20兆円を突破したのは１９９０年で、２０１３年度に40兆円を超えてからも毎年一兆円ほど増え続けている。その背景には人口の高齢化の問題があるにしても、風邪や腹痛などでも安易に医師に頼る人があまりにも多すぎるからだ。たとえば「血圧が１４５で高血圧の兆候がある」と医者に診断されたと言って、高血圧の薬を飲み始める人が後を絶たない。まさに洗脳である。

西欧人は自然を征服して人間の思うとおりにコントロールしようとする。西洋医学も同じ発想からきている。しかし東洋では、人間の自然界の一部なのだから、自然と親しみ寄り添い、折り合いながら暮らすことが大切であるという考えだ。人体そのものも自然宇宙と捉えれば、血圧が少し高いからといって薬で抑えるという不自然な発想は出てこない。血圧を正常にするには日頃の食事に注意を払って、血液をきれいするると同時に心を安定させることである。

とにかく「自分の健康は、自分で守るしかない」という人が増え、免疫力を高める生活習慣を身につければ自ずと医療費は削減できるはずなのだ。このことに関連して、二冊の本を紹介しておきたい。『免疫力を高めれば薬はいらない』（知的生き方文庫）、『免疫力を上げる45の方法』（健康実用）。いずれも著者は昨年故人となられた安保徹先生である。こうした本を読んで参考にして、自ら考え判断する人が増えていかないことには、今後とも国民医療費は増える一方である。

世の中にはビジネスのなかで商品づくりに情熱を燃やす人は数多い。だが、水川さんのように、本物にこだわりながら大きな志をもつ人は意外に少ないのだ。水川さんの豆乳が他のものより良いのはもちろんだが、私はこういう人たちの生き様に惚れこんでしまうといっそうのこと、商品の普及を少しでも応援したくなるのである。

いくら健康によいからといっても食品は味がよくないと広がらない。幸い、水川さんの豆乳は美味しいので徐々にファンがつき、定期的に配達するユーザーも増えつつある。

無農薬ケール栽培、十年かけた土づくりから

「まずいっ！　もう一杯」

ＴＶコマーシャルで、悪役の俳優として知られる八名信夫が苦虫をつぶした顔で演じた。そのインパクトが功を奏し、キューサイの青汁はヒット商品となった。最近は類似品やまがいものが数多く出回っている。青汁は本来、ブロッコリーやキャベツの原種であるケールだけでつくられたものである（キューサイの青汁はどうなのかは知らない）。

日本で初めて「青汁」を始めたのは遠藤仁郎博士である。

戦後まもない１９４５年（昭和二十）、倉敷中央病院に赴任すると、病院給食に青汁を採用したが、そのときは青物野菜が含まれていたようだ。病院内の畑で栽培したケールだけを使った「遠藤青汁」が誕生したのは１９５４年（昭和二十九）というから、私がまだ十歳のときである。病院の患者だけでなく、小学校でも青汁の試飲を開始したところ、その効果が明らかにみえ

たことから、普及会機関誌『健康と青汁』の発刊や「遠藤青汁の会」も発足し、国内だけでなく海外にまで知られていくようになった。

ケールの栽培から加工までする茨城県の鈴木静夫さんと出会ったのは、１９９５年（平成七）のことだった。当時私は、滋賀県内のある農家に平飼いの卵を買いに行っていた。放し飼いのニワトリはよくケンカを始めるが、エサに竹のササや玄米を多く混ぜてあげると攻撃的な性格がしだいに消えていくという。「ニワトリの運動量を増やすために、エサ場と水飲み場を離している」といった農家さんの話を興味深く聞きながら、たまたま私が青汁のことを話題にした。するとその農家さんは、「遠藤青汁は無農薬をうたっているが、生産農家は農薬をこっそり使用している」と言った。この目で実際見た、というのである。自家用の野菜には農薬を使わないのに、出荷用の畑では農薬を使う農家がけっこういるというから、ありうる話だろう。

ヨシカワ商事でも緑黄野菜の雄・ケールで作った青汁を取り扱いたいと思ったが、そういう話を聞くと、どこから仕入れたらよいのかわからなくなる。そこで、清家さんなら信頼のおける生産者を知っているかもしれないと思い彼女に尋ねてみた。

清家さんは低農薬野菜や無添加食品の宅配システムをつくった一人だからその方面の人脈や情報が多い。さっそく栽培と加工を一貫しておこなう「ベルファーム」の鈴木静夫さんを紹介してくれた。ちなみに清家さんとの出会いは、神戸の中学校で保護者向けに「子供と環境」の講演をしたとき、話の内容に感動したと言って、彼女から声をかけてくれたのがきっかけだった。

私はこの目で確かめようと、茨城県にある鈴木さんのケール畑を視察した。無農薬なのに虫食いのない青々とした元気なケール畑が広がっていた。土の色や臭いが違う！数年前、青森のリンゴ農家の木村秋則さんが無農薬有機のリンゴ栽培に十年がかりで成功し、「奇跡のリンゴ」という本まで出版して有名になった。鈴木さんの畑にしても、学園都市の落ち葉を拾い集めて堆肥にして、虫害に負けない土づくりに十年かかったという。

健康な作物を作るためには土作りが最も重要だと考え、微生物利用をベースに、青汁やにんじんジュースを製造する過程に出る残渣や米ぬかなどで自家発酵堆肥を作っている。微生物の種類も豊富な肥料を使った畑は、土そのものが生きているから強風が吹いても土埃がしないという。農業経験のない人はそれがどれほどスゴイことなのかわからないが、地元の農家さんたちは鈴木さんの畑に「土埃がしない」という一点で脱帽したそうだ。慣行農法（化学肥料や農薬を使う）の場合は微生物が生きられない土になり、乾燥したら強風で土埃が出るからだ。

私は若い時に痛風になったおかげで食養に目覚めたが、鈴木さんも大病したことを契機にこの道に入ったのだという。高卒後19歳で独立して自動車備品の製造を始め、ジューサーの販売などで成功していたが、私の世代に共通するモーレツな仕事ぶりがたたり重い病気になったときに、甲田光雄先生（元・甲田医院院長、日本綜合医学会の5代目会長）の治療で快癒した。甲田先生は、断食・少食・生菜食などの西式健康法を基礎にした治療でよく知られており、食養が健康の元という点でマクロビオティックと共通する。私も何度か先生の講演を聞き、半日断食も実践した。

「君の実家は農家だから田畑もあるだろう。そこでケールの栽培をして人々の健康に貢献する仕事をしたらどうか」

鈴木さんは信頼する甲田先生からそう言われて、一念奮起したのだった。

鈴木さんの工場ではケールをミキサーで細かく砕くのではなく、特殊搾汁機による低温圧縮法（特許取得）で搾るため、栄養素が壊れないのだという（前述した水川明さんの豆乳の加工法も似ている）。

当然のことながら防腐剤や保存料・添加物など一切使わないし、加工過程の水の質にもこだわっている。工場の青汁を試飲させてもらったところ、舌触りが滑らかで野菜の生命を感じる濃厚な味だった。

「本物に出会わないと、ホンモノでないものが本物になってしまう。特に子供の時、本物に出会わないといけない。本物の味を知った子供がいま世間で売られている青汁との違いがわかるようになり、本物だけが生き残れる社会になる。これからの日本の農業も本物を追究していかないとダメになる」

私は、子供の食育について熱く語る鈴木さんの誠実な人柄にも惚れて、鈴木さんの青汁を販売させてもらうことになったのである。

「本物にこだわる」お付き合い

ところがである。鈴木さんにペットボトルにつめて送ったもらった青汁を、さっそく母親に飲んでもらったところ、

「百歳生きられると言われても私は飲みたくない」と言った。娘たちに飲ませても「わぁ、まずい！　これ売れないわ」「まるで腹ペコ青虫や」など、さんざんである、無添加にこだわると売れないのだろうか？

何とか青汁を広める手立てはないかと試行錯誤していると、１９８８年（六十三）、ヤマトがクール宅急便を始めた。

ペットボトルの青汁を冷凍してクール宅急便で送ってもらえば賞味期限の問題は解消すると喜んだが、解凍するのに時間がかかる。一回分の小さなサイズのペットボトルに小分けできたら……。そんなことを考えていたときに出てきたのが、90ccの板状ですぐ解凍できるキューサイの「青汁」だった。「うーまずい！　もう一杯！」のTVコマーシャルでまたたく間に市場を席巻

した。

鈴木さんには資本力がないので90cc入りのパックをつくる工場ラインができない。ところが世の中よくしたもので、カタログハウスの社員が鈴木さんの青汁に目をつけた。私が取り扱い出して数年後のことだった。

鈴木さんは上野駅の近くにスタンドバーのような小さな店を出して、毎朝、新鮮な青汁を運んでいた。雇ったおばさんが、玄米おむすび2個と青汁をセット販売したら、特に便秘がちな女性によく売れたそうだが、しょせん小さな商いである。そのスタンドでカタログハウスの社員が飲んだとたん「これはホンモノだ！」と思った。後日、その社員は鈴木さんの畑を見にきて土を採取して帰った。そして検査の結果、完全無農薬で食品分析の数値も最高だし、ほかの青汁と飲み比べてもそん色ないということで、ぜひ取引したいと申し入れてきたのだという。

カタログハウスとの取引で販路が開けたので、鈴木さんは100ccのパックに充てんできる機械を導入し、搾りたて青汁（100g）が完成した。カタログハウスでナンバーワンの評価をえると、その評判に目をつけた三越をはじめ伊勢丹、東急百貨店などから取引の声がかかった。

そのとき、三越の担当者はこんなことを言ったという。

「うちには無農薬有機は当たり前というコアな顧客がいますから、その表記は不要ですが、パッケージにはこだわっています」

その話を聞いた私は、関西ではこだわりの食材を扱うのでよく知られた某社に、鈴木さんの青汁を売り込んだ。結果は、ケンモホロロ……。近江商人は「三方よし」の精神で商いをしてきたはずなのだが、関西では取引が決まった後でも、「ところで、なんぼ安うしてくれるんや」ということがよくある。残念な商習慣である。

鈴木さんはカタログハウスや三越との取引が始まったことで、生産を上げるため工場を新設した。ところがやがて東日本大震災が起こり、風評被害などで一時期、茨城発の野菜類は売れなくなった。そのため静岡県に栽培地を求めたりしたが、工場建設の借金もあり、また一からの土づくりで大変な苦労をされていた。幸い、その数年後にはまた茨城に戻って栽培できるようになった。

このように、良い商品の裏にはかならず貴重な経験と苦労があり、人を感動させる物語があるものだ。私は「三方よし」を信条とする商売人だが、「本物にこだわる」商売抜きのお付き合いも大事にしてきたことで、「本物にこだわる」鈴木さんとの出逢いもあったのだと思っている。

三十年たったいま、本物の青汁といえば「ベルファームの鈴木青汁」とまで言われ、マスコミにも多数取材されている（最近では、にんじんジュースの他さまざまな野菜・果物の加工もしている）。子供の食と運動こそ大切だと痛感している私としては、これからもヨシカワ商事の大事な商品アイテムの一つとして力を入れていきたい。

ジャンクフードに対抗して

ベルファームの青汁がなかなか軌道に乗らない頃だった。清家さんの会社がかかわっていた黒豚肉マンがあった。私は講演で「ジャンクフードの代表であるマクドナルドのハンバーグなど子供に与えるのはよくない」とさかんに言っていた（実際、当時のマクドナルドは、怪しげな食材を使うことでマスコミでも悪評をまいていた。私ひとりの偏見的な意見ではないことを断っておく。現在は知らない）。気をつけるべき食品のひとつの事例として話したのである。

「一年以上放っておいても腐らないという記事が出ています。こういうものはお子さんに食べさせないほうがいいですね」

すると若い母親が「では、子供に何を食べさせたらいいですか？」と質問してきた。そこで私は思わず「肉まんがいいでしょう」と答えてしまったのだ。

私は自分の発言に責任を感じた。清家さんはそういう私の思いを知っていたので、黒豚肉マンを扱う関連業者を紹介されることになった。無添加はもちろんのこと食材にこだわった肉マンは、主婦の目隠しテストで最高の評価を受けていた。

「吉川さん、青汁を根気よく長く続けていけば利益は上がってくるけれど時間がかかります。豚マンなら食べたらすぐ結果がでるから勝負は早い。先に豚マンで儲けて売上が落ちてきた頃、青汁が軌道に乗っている。先に豚マンでＦＣ展開しましょう」

清家さんからそんな励ましも受けながら半年かけて、トーマス・ピッグというブランド名、ロゴマークやキャラクターまで考案し、ＦＣ店を全国展開することになった。ＦＣのノウハウは、後述する書店経営で学んでいたが、ゼロからの立ち上げなので相当な資金と時間を費やした。いつものごとく資金繰りで苦労している我が愛妻はこの計画に反対だった。

その頃はバブル崩壊後のリストラの嵐が吹き荒れていた時期で、ＦＣ加盟店は順調に増えていったが、私の見通しはあまりにも甘かった。ハンバーガーは日本人の日常食になっているが、肉マンはせいぜい年数回しか食べない食品だったのだ。人口百万人以上の地の利の良い場所（たとえば駅構内）でないと難しい。

長女が店長となって頑張ってくれたが、焼け石に水だった。その頃、書店経営のほうも赤字になっていた。この二つの赤字が、ヨシカワ商事の経営に大きなマイナスとなった。思い込みだけが強く、しょせん素人商売で横道にそれてしまったと、そのとき大いに反省した。

しかし……、長い人生においては、こういう失敗も「学びの時」だと今は思っている。

バックミンスター・フラー（アメリカの思想家・建築家・発明家・詩人・作家。１８９５～１９８３年）にこんな名言がある。

「何事も挑戦と失敗の繰り返しがあってこそ、身につくものだ。人間はあやまちからしか学ぶことができない」

新・新人類は宇宙人顔になる⁉

「警告！　こどものからだは蝕まれている」

１９７８年10月９日、ＮＨＫの特集番組（日本体育大学体育研究所との共同）を視て、私は衝撃を受けた。

有吉佐和子の小説『複合汚染』が発表されたのは、これより３年前の１９７５年だった。高度経済成長に伴い環境汚染は止まることなく、添加物だらけのインスタント・加工食品があふれ、無抵抗な子供のからだにも複合汚染のような異変が現れてきたのだ。

その頃私は、玄米食を中心とした食養でどうにか痛風を克服していたので、「くらしの安全ネットワーク」を主宰し、食育や環境問題をテーマに講演活動を続けていた。このＮＨＫの特番を見てよりいっそう危機感を覚えた私は、食育・食養の重要さを訴え続けたが、洪水のごとく流れる大手食品メーカーのコマーシャルに敵うはずもない。

アメリカで有名な『マクガバン・レポート』が発表されたのは１９７７年のことだった。肥満体の多いアメリカ人の体質を改善するためには食事から見直すべきだという、五千ページのレポートである。その理想の食事として挙げられたのは肉食の少ない日本食だった。ところが本家の日本が逆方向に向いていた。

一九八十年代のバブル景気で人々はグルメブームや飽食に慣れきって、子供のからだはますます蝕まれていった。

そして1992年2月、『今「子供」が危ない』が発行された。学研が発行する雑誌・ウータン驚異の科学シリーズの一冊である。NHKの特集番組から14年たっているが、子供のからだだけでなく心もいっそう深刻な状態になっていた。

この雑誌のなかで、私が最も驚いたのは、「かめない、かまない　新・新人類は宇宙人顔になる⁉」という小見出しのページだった。そこには、虫歯だらけの子供の写真のほかに、顎骨が退化して細くなっていく様子が写真やイラストで解説されていた。

私は、この雑誌が出る6年前（1986年）にはよしかわ書房をオープンしていた。毎日、新刊や雑誌が大量に送られてくるので、その中身はともかく本のタイトルや表紙だけは見ていたが、食育や地球環境を問題にしたこの種の本や雑誌が目立つようになったのは一九九〇年代初めの頃で、ちょうどバブル経済の崩壊と重なっていた。

玄米食をすすめるマクロビオティックでは、一口食べるごとに少なくとも30回以上咀嚼することを教えている。私は人一倍早食いなので、玄米食をしていたときは特によく噛んだ。噛むことで満腹感が増し、大食することがなく、また唾液がよく出ることで消化吸収もよくなる。

柔らかいものを食べて顎が細くなり「宇宙人顔」になりつつある子供たちに、好き嫌いなく食べてもらうには、何がよいだろうかと私は考えた。保育園・幼稚園の先生に尋ねてみると、おやつの時間に出すお菓子がほしいという意見が多かった。そこで私は、自然食品・無添加食品の専門商社「ムソー株式会社」から無添加お菓子のミヤコ食品、サンコーやサンワールドを紹介していただいた。それらの会社から無添加で固めのお菓子を仕入れて販売するようになったのは1990年、『今「子供」が危ない』が発行される2年前ということになる。

当初はごくわずかな仕入れ量だったが、30年近くたった今、ヨシカワ商事の売上のなかでは安定したシェアを占めている。ヨシカワブランドのOEM生産とまではいかないが、今では当社からの提案（アトピーやアレルギー対応のお菓子）を受け入れてもらえる菓子メーカーは数社ある。学研代理店（ヨシカワ商事）の営業エリアは滋賀県の一部に限られているが、自社独自で開拓した商品については関西・近畿圏に広げられる。もし全国展開できるなら、お菓子だけでも独立採算の会社ができるだろうと想像したりもする。

もちろんそれは頭の中で想像するだけのことだ。人にはそれぞれの役割、天命というものがある。青汁の鈴木さんは、十年かけた土づくりから無農薬栽培で元気なケールを育てているが、私が今いちばんするべきことは、広い視点（食育・知育・体育・徳育など）で教育を考え、実践する若い人材を育てていくことだと思っている。

独占されたキシリトールガム

「新・新人類は宇宙人顔になる⁉」という記事に、私は子供の健康に改めて危機感を覚えた。食養の実践を通して自分の痛風を治していなかったら、そこまで感じていなかったかもしれない。専門家の意見や机上の理論を鵜呑みにせず、自ら納得するまで実践することで、新たな人とも出会い、感動し、そこからまた次の展望も開けてくる。

虫歯を予防するキシリトールガムとの出会いは、バイオ洗剤（トレル№1）を開発した安川昭雄さんとの出会いからだった。その安川さんを紹介してくれたのは、画家で心友のブライアンで、また彼は平安神宮の禰宜・本田さんと知り合いで……、というように、人との縁、つながりは実におもしろいものである。

安川昭雄さんのバイオ洗剤は、流れのない濁った池などを浄化する能力が優れていた。ヨシカワ商事で販売することになったが、売り始めて間もなくネット販売をする人が現れて、ほとんど注文が来なくなった。苦労して販路を開拓してもネットショップの競争に負けてしまうという一例である。これからますますそうなるだろう。

キシリトールガムのことを知ったとき、子供の虫歯予防のため何とか手に入れたいと思っていた。白樺の樹液から採取するキシリトールは、口腔内の細菌による酸の産生がほとんどないことから虫歯予防によいということで、フィンランドでは国を挙げてその研究開発を行ってきた。おかげでフィンランドの子供たちの虫歯は激減したそうだ。

キシリトール１００％のガムを日本へ輸入する権利を取得したのは、フィンランドのログハウスを販売していたフィンコレクションの北村さんである。北村さんは、安川昭雄さんが出店していた同じ展示会場で出会ったことから、私はブライアンを通じて安川さんに出会い、北村さんにもつながった。子供の食養に取り汲んでいる私の思いに北村さんは大いに共感してくれ、エールでキシリトールガムを平成16年から販売することになった。

ログハウスの販売で苦戦していた北村さんは、キシリトールガムの販売で活路を開こうとしていた。キシリトールの取引を始めたひとりに味の素を退職した人がいた。その人がロッテにキシリトールを売り込んだことで大きな受注が入ってきた。ロッテのキシリトールガムはＴＶコマーシャルでまたたく間に広まった。

しかしご承知のとおり、そのガムには味の素の人工甘味料アスパルテームが入っている（キシリトールは30～70％と言われている）。アスパルテームは、ショ糖（砂糖の主成分）の１００倍以上の甘みを持ち、微量で砂糖の代わりになるため、カロリーゼロ・ノンカロリーをうたった、ダイエット系のジュースやお菓子などによくつかわれており、いかにも体に優しいなどの表現がされているが、実はとんでもなく危険な食品添加物ということがわかってきた。

それはともかく、私はせっかく出会ったキシリトール100％のガムの普及を、数年で断念せざるを得なくなってしまった。発売元のヘノボン社がヨーロッパでも大手のチョコレートメーカーのファッツエル社に吸収合併された後、仕入れ条件がたちまち厳しくなり、さらには某大手食品メーカーに独占された影響もあり、入手そのものが困難になったのだ。ヨシカワ商事とエールで全国に普及できたら日本の子供たちの虫歯がどれほど改善されただろうかと思うと今でも残念でならない。

アスパルテーム入りのキシリトールガムはお勧めできないが、幸い最近は、ネット上でも歯科専用の100％キシリトールガムは売っているそうである。

大手のＰＲに洗脳されないために

最近はバイオ技術の進歩が目覚ましく、植物や微生物などに有用な物質を作らせる〝生物工場〟がビッグビジネスになるというので、世界的な競争が始まっている。

歯槽膿漏の予防薬の成分を生産するために、遺伝子組み換えでイチゴにその成分をつくらせたり、花粉症予防薬をつくるためイネにスギ花粉の遺伝子を組み込んだりしている。日本ではカイコに光を発するクラゲの遺伝子を組み込み、光る糸の生産に成功しているが、高いタンパク質合成力を持つカイコなどを利用すると、抗がん剤やワイヤーより強い糸など、複雑な物質も生み出せるという。いずれキシリトールも生産できるようになるかもしれない。

このように現代科学はいつもバラ色の未来を描いてくれるけれど、予防薬に頼るのではなく、からだの免疫力を高めることこそが予防である、ということを先ず認識しなくてはいけない。そのためにも幼児期からの食育が大切なわけだが、悲しいことに、日常の食品を買うことに無防備なお母さん方があまりにも多いのが現状だ。その証拠に、週刊誌や雑誌には、「食べてはいけない食品」の特集記事が相変わらず多い。

私がよしかわ書房を経営していた一九九〇年代にはその類の本や雑誌が特に多かった。その頃と比べたらだいぶ少なくなったように思ったのだが、つい先ごろ（２０１８年5月25日号）にも週刊新潮が、『食べてはいけない「国産食品」実名リスト』というシリーズ特集を組んでいた。『食品の裏側』『なにを食べたらいいの？』などの著書で有名な安部司さんが、記事のコメントに登場しているが、安部さんの本を読んでいる人なら、日本の食品業界は未だに体質が変わっていないことに呆れてしまうだろう。しかしそれは、消費者の意識が変わっていないということの裏返しなのだ。だから安全基準に対する国（厚労省）も変わらないが、アメリカの消費者は添加物に対する警戒感はより厳しいという。

たとえば、カップヌードルや多くのインスタント麺に使用されている、うまみ調味料としてのグルタミン酸及びグルタミン酸ナトリウムについて、安部さんはこうコメントしている。

「この添加物は日本人の食生活の中に溶け込んでいますが、マウス実験では神経への影響が判明しており、アメリカなどではこれを摂取しない風潮が広まっている。そのため、アメリカで出回っている『カップヌードル』にはグルタミン酸ナトリウム（ＭＳＧ）が入っておらず、〝ＭＳＧフリー〟と表記されています」

またアメリカでは、冠動脈疾患のリスクを高めるということで、植物油脂を使った水素添加加工が全面禁止されていることなど、国の取り組み方の落差も指摘している。

ここではあえて、週刊新潮の特集記事が紹介した食品やそのメーカーの実名を挙げないが、賢い生活者（消費者ではない！）にはおよそ想像がつくというものだろう。

私は長年、幼児教育のなかで食育に携わり、また環境問題にも取り組んできただけに、消費者を自社製品に振り向かせる大手企業の宣伝力というものには、ある種の恐ろしさを感じている。言い方を変えると、消費者を洗脳する力である。その洗脳力からわが身を守り、家族の健康を守るためには、意識を高めて批判力や自己免疫力を高めていくしかないのだ。

バックミンスター・フラーはこう言っている。

『もろもろの汚染の中でもっとも恐ろしい汚染は、消費者の頭の汚染である』

添加物いっぱいの加工食品に小さい子供のころから慣らされると、味覚が狂って本物の味がわからなくなる。

無防備な幼児の健康を守るためにも、若い母親にはとくに気をつけてほしいと願うばかりである。

いのちと水と環境

どんな人と一緒になっても
どんなことに出くわしても
つぶれない人格をつくり
幸せに楽しくいられるような人になりたい

坂田　道信

知行合一

私は、興味を持った事、疑問に思う事は確かめられずにはいられない。観念（頭）の中で自分を納得させることができない性分なのだ。だから自分を納得させる回答を見つけるために、行動に移すことになる。私はこれが習性になっている。

ところが世の中には、情報の事実確認をせず安易に納得してしまう人が少なくない。科学的に実証されていると聞いただけで信じてしまう人がいる。大衆社会の世論の誘導は、そういう人間心理をついてくる。

知行合一、という言葉がある。知ることと・思うことと行動とは一致したものでなくてはならないという意味で、江戸時代後期から流行った陽明学の根本だといわれる。明治維新の志士たちのなかにも陽明学の信奉者が多かった。

それはさておき、知行合一というのは、一人の人間の生き方として、また経営者の姿勢としても、あるべき姿ではないだろうか。しかし現実社会は複雑怪奇で、矛盾だらけで、自分の思うとおりにいかないことがほとんどだ。だから知行合一を貫くことは大変なエネルギーがいるし、矛盾に悩まされることも多い。

しかし私は「矛盾のない仕事をしたい」と思って独立したのだから、矛盾や疑問を感じることに対しては行動で示していかなくてはいけない。

——子供の健康・環境・教育

ヨシカワ商事の事業テーマは創業時も今もここにある。健康のなかには「食育」が含まれるから、前章で述べたように本物の食材を求めて、青汁や豆乳、キシリトールガム、無添加の固いお菓子など取り扱ってきた。それらの食材は、幼児教育本体（教材）の売上からしたらその割合はわずかだが、そんなことは問題にしていない。人間の成長のなかで最も重要な幼児期の教育は、知育・食育・体育・徳育などをトータルに捉えて行動すべきと思うからだ。それこそ知行合一である。

ところで、「食育」というテーマは大きいが、環境という言葉もその対象があまりにも広く大きい。地球環境、自然環境、社会環境、家庭環境、教育環境、職場環境などさまざまである。一人では生きられない人間は、それらの環境の中で生きている。

では、幼児教育のなかでヨシカワ商事の役割として考えるべき環境は何かといえば、保育園・幼稚園の環境ということになる。園の建物内の環境、子供の健康につながる環境である。そうは言っても、ヨシカワ商事は建設や設備に関わる業者ではないのだから、ハード面で貢献できることはないのではないのか。創業当初はそう思っていたのだが、私はなにしろ行動派なので、思わぬ人との出会いが多い。自分でも不思議なくらい思わぬ良き縁から縁につながっていくのである。それを私は「ご縁の醍醐味」と呼んでいる。

私はボランティアに近い自然系石けんの普及活動から環境問題に関心を深めていったが、琵琶湖の水質問題から浄水器、空気清浄器、オーディオ、ノルウェーの椅子やドイツの掃除機、フィンランドの暖炉などに出会うことになる。いずれも先ず人との出会いがあって、こうした環境商品を知り、取り扱うようになった。ヨシカワ商事が総代理店になった商品もいくつかある。

これらの商品はほとんどが他の追随を許さないほど優れたもので、一時期はよく売れたものもあった。ところが売れる商品ほど類似品が出回り、他社に吸収合併されたり、安売りが始まったりする。その結果、ヨシカワ商事だけの商品というオリジナル性がなくなり、当社のメリットも少なくなった。

良いモノを探し、世の中に普及していくのが商事会社の仕事だが、ヨシカワ商事の本業はあくまでも幼児教育である。本物にはこだわるが、モノにこだわりすぎてはいけない。こうした環境関連の商品を扱ってきた、私の教訓・自戒である。以下、自戒を込めて私が経験で学んだことを記しておきたい。

琵琶湖湖畔から環境を考える

琵琶湖の水質が問題になりだしたのは一九六〇年代以降と言われている。私が高校生の頃からだ。

一九七〇年後半、悪臭を放つ赤褐色のプランクトンが大発生して起こる、赤湖の発生が深刻になりだした。その原因の一つが、合成洗剤に含まれるリンであったため、主婦を中心に、粉石けんを使う「石けん運動」が県内で始まった。琵琶湖は近畿圏内の一千四百万人の大事な水がめというだけでなく、ヒシクイやコハクチョウなど渡り鳥の越冬地でもあるので、市民の関心も高く、全国に先駆けての運動となった。

有吉佐和子の長編小説『複合汚染』（新潮社）が発表されたのは1975年である。前年の10月から翌年6月まで、朝日新聞に連載され、大きな反響を呼んでいた。新潮社から単行本（上下巻）が出版され、ベストセラーとなった。1962年にアメリカで出版されたレイチェル・カーソン『沈黙の春』の「日本版」として評価され、現在でも環境問題の歴史的参考書としてロングセラーとなっている。

琵琶湖で石けん運動が起こり始めた頃、私はヨシカワ商事を立ち上げてまだ間もない時で、私は突然痛風を患（わずら）って苦しんでいた。また妻が初めての妊娠（長女）で妊娠中毒症にかかったことで私は狼狽えてしまい、夜も眠れない日が続いたりした。母子ともに奇跡的に助かって長女が誕生したとき、「いのち」の神秘や不思議さに震えるような感動を覚えた。そしてまた、私自身の原体験から食育や環境問題に目覚めたのだった。

いま私たち日本人は、中国都市部の大気汚染の深刻さをテレビで見ながら眉をひそめたりするが、かつての日本がそうだったことを忘れてはいけない。日本でも一九五〇年代から七〇年代にかけて、四大公害病（水俣病、新潟水俣病、四日市ぜんそく、イタイイタイ病）が起きたのだ。有機水銀やカドミウムなどの工業廃水、亜硫酸ガスの大気汚染などが主な原因だった。

『複合汚染』では、こうした「公害問題」だけでなく、いのちの生態系にまで目を向けて複数の汚染物質が環境破壊を起こしていると警鐘を鳴らした。四大公害ではとくに工業廃水が問題視されたが、農薬や化学肥料、界面活性剤を含む化学洗剤、合成保存料、合成着色料など食品添加物使用の危険性なども訴えている。

公害問題の多くは、高度経済成長に伴う工業の発展や乱開発などで生じてきたものだが、実は、琵琶湖の水質汚染は農業系や生活排水にも問題があるということが明らかにされたのだった。市民一人ひとりの自覚が大切という機運のなかで、琵琶湖周辺の「石けん使用」運動は盛り上がっていった。

私は市民運動とは別に、ヨシカワ商事の取組の一つとして、自然系の石けんを仕入れて園に販売していった。と同時に、食育・健康・環境をテーマに「くらしの安全ネットワーク」という任意団体をつくり、取引のある園関係だけでなく、近隣の婦人会や自治会などから請われればどこでも講演に行くようになった。

石けん1個を売っても十円ほどの利益しか出ない。講演会場で百個売っても千円である。それでも私は2時間ほどの講演に熱を入れた。その講演のために、説得力のある資料を揃えないといけないから、いろいろな関連本を読んだり図書館で調べたりして、私自身の勉強になった。そして私が読んで感動したり参考になった本を講演のなかで紹介した。後によしかわ書房をオープンするのは、私が本好きというだけでなく、できるだけ良い本を世に広めたいとの思いがあったからである。

浄水器と水ビジネス

私は痛風になってから始めた玄米食と水飲み健康法で、「水」そのものに関心を持っていた。水道水のマズさは、琵琶湖の赤潮発生の頃からとくに気になっていたので、ある日、大津市の水道局を訪ね、浄水場を見学させてもらうことにした。

浄水場では殺菌消毒のために塩素を大量に使用するということはもちろん知っていたが、その現場を見せられて恐怖を感じてしまった。塩素を貯めた黄色いタンクには大きな文字で「毒」と書いてある。浄水場の水は濁って泡だっている。これを殺菌消毒すれば飲める水になるのだという。しかしいくら科学的根拠をもって説明されても、実際、目で見てしまうと吐き気を催し、記憶としてインプットされたら、蛇口から出る水はまともに飲めなくなってしまう。知らないから飲めるのだ。

ヨシカワ商事では、学研発行の科学雑誌『ウータン』を扱っている。小学生向けの雑誌だが、科学の最新情報を写真やイラストでわかりやすく説いているので、私は毎月楽しみに読んでいた。アメリカのミシシッピ川流域で癌が多発しているため、水道蛇口に浄水器を取り付ける家庭が増えているという記事が目についたのは、たしか長女が誕生して間もなくの頃だった。アメリカの十年、二十年の後追をしている日本もこれから必ず浄水器が必需品になるだろうと思った。

今でこそ浄水器は日本の一般家庭にも普及して一万円以下のものも出回っているが、当時はまだ数万円と高価なものだった。しかし値段の問題ではない。子供の体の80％以上は水なのだから、食育にこだわる以上、水にこだわらなくては嘘になる。奇跡的にいのちが助かった長女の寝顔がたまらなく愛おしい、とよく思ったものだ。幼子の健康を守るのは親の責任だ。

そこで私はどんな浄水器があるのか調べることにした。

マクロビオティックの考えを取り入れている健康食品会社「ムソー」とは創業頃からの取引が

あった。ムソーに問い合わせてみると、ゼンケンの浄水器を扱っているという。すぐに一台購入して蛇口に取り付けてみると、カルキ臭が消えて美味しい水になっていた。浄水器は売れると直感した。

その後しばらくして学研にラバーマットを納入しているR社の営業担当のSさんが訪ねて来た。私がいま何にこだわり、何を求めているのか察知して情報提供してくれたのが、農文協発行の本『水　こうして飲めば心配ない』と関連セミナーの資料だった。

食関係では信頼の厚い出版社である農文協の本はよく読んでいたが、その本では私の思いを代弁するように浄水器が今いかに必要であるかを訴えていた。その後、文芸春秋の月刊誌『クレア』の水の特集記事を読み、アメリカには「コンシューマー・レポート」でナンバーワンの評価を得ている「ハーレー」という優れた浄水器があることを知った。ちなみに「コンシューマー・レポート」というのは、非営利の消費者組織であるコンシューマーズ・ユニオンが発行しているアメリカの月刊誌で、独自の試験施設で行う商品の比較検討調査の結果をレポートしている。日本では『暮らしの手帖』がこれに当たる。

私は『クレア』の特集記事を読んで驚いてしまった。ハーレーの日本総代理店がR社で、しかもSさんはR社の社長だったからだ。そこで初めて、Sさんがなぜ私に農文協発行の本とセミナーの資料を持って訪ねてきたのかピンときたのだった。当時、学研は、代理店がメーカーと直接取引することに警戒の目を光らせていた時代だったので、Ｓさんは遠回しに私を誘っていたわけだ。

学研の代理店をしていただけでは会社は伸びないと、私は創業当初から思っていたので、事業テーマにふさわしい商品を探し続けてきた。それが商社（商事会社）としての役割でもあるから、私はすぐＳさんに電話をして翌日には東京へ向かった。

麻布の高級街にあると思ったＳさんの事務所は安アパート内にあった。さすがに東京、こんな小さな会社でもアメリカの会社の日本総代理店になれるのかと妙に感心したことを覚えている。

高級地に本社を置き、信頼性の高い出版社を活用したりすることを「バイブル商法」と呼んでいる。Ｒ社もその手を使っていると思われたが、商品が優れていることに間違いない。そこで私はＳさんと「西日本地区の代理店」として契約をむすび、二次代理店として百貨店や生協ルートを開拓していった。『暮らしの手帳』でもハーレーの浄水器は一番の評価を得ていたこともあり、時代の追い風もあって説明会を開くと浄水器は飛ぶように売れた。

天のお告げ

しかし本業をおろそかにしていると思ったのか、妻は当初からこの事業には反対していた。ある日、妻が知り合いの占い師に見てもらったところ、即刻止めるようにとお告げがあったという。むろん私は、そんなお告げを信じるわけにはいかない。ますます浄水器の販売にのめりこんでいったが、この仕事に熱を入れれば入れるほど人間関係のトラブルが多くなった。さすがに私もお告げが気になったので、東京に出張した折、知人に紹介された江の島の女性霊能者を訪ねて行った。

その頃はハーレー社の浄水器のほかに、ノルウェー・ストッケ社の椅子、ドイツの掃除機フォアベルクも扱っていた。そこで私は、霊能者がどれほどすごい霊感の持ち主なのか興味本位もあって、「この3つの商品のうち、これからの販売に力をそそぐ順番を教えてください」と具体的に質問してみた。すると、「椅子と掃除機はよいが、浄水器はいくら儲かってもすぐに止めなさい。あなたの命が危ない」とのお告げだった。その瞬間、私は背筋がゾーッとなった。

それでも私は生協や百貨店の販路先や二次代理店に迷惑をかけたくなかったし、浄水器は相変わらず売れていたので、すぐ止めるわけにはいかなかった。そうこうするうち、私を心配していた母が霊能力の高い曹洞宗のお坊さんに訊ねたところ、「止めないと息子さんは死にますよ」と言われたという。これで3度目である。

ちょうどそんなときに、東京のハーレー輸入元の女性社長が、私の信頼を裏切るような事をした。憤慨した私は、こうなったら直接交渉しようとシカゴのハーレー社へ二次代理店の人と一緒に訪ねていった。そこで初めて、アメリカで売られている同じ商品が日本の値段の3分の1ほどということを知ったのだ。ということは、日本の総代理店の卸値も想像できる。ろ過部分の活性炭の原価は知れているのだから、ある程度の生産量になれば浄水器の生産単価は相当安くなるわけだ。

ハーレー社とは直接取引しようと思えば出来なくもなかったが、私はここが潮時だと思った。裏切られたことへの怒りに任せてこのまま進んだら、3回とも同じお告げがあったように、とんでもないことが起きそうな気がしたのだ。すなわち私の死、である。

後々、頭を冷やして考えてみると、やはり止めてよかったのだと思った。妻が最初から浄水器に関わることを反対したのは、輸入元の女性社長の胡散臭さを女性の直感で見抜いていたからだろう。

人体の80％が水ということとは、水はいのちそのものということだ。本来、水は誰のものでもない天の恵みである。恵みの水を独占しようとしたり、水ビジネスで儲けようとしたら天の罰があたるということなのだろう。

まだ浄水器の普及率が10％程度と低かった当時、商売人にしたら売値と利益率の高さが魅力だった。当初は「環境と健康のために」と始めた浄水器の販売だったが、いつしか私は、水商売の金儲けに奔っていたのだ。欲望が私の心を曇らせていた。妻も母もそんな私を説得できなかったので、占い師や霊能者の言葉を借りて「止めよ」と言ってくれたのだ。まさに天のお告げだったのである。

しかし……、「吉川」という姓は「吉水（よい）」につうじる。水そのものへのこだわりは止まず、水の遍歴はその後も続いていった。

カンキョーとの取引で「商品値段の魔力」を経験

幼児教育の現場で食育の重要性を訴えてきた私が、水や環境問題から後退することはやはりできない。なぜなら水こそ生命の根源であり、地球環境を考えても水と空気の問題は大きなテーマである。人々の関心はますます高まっていくだろう。そんなことをつらつら考えていたときに日経新聞の記事が目に留まった。

電子式空気清浄機「クリアベール」、発明協会賞受賞（1985年）。製造は神奈川県のベンチャー企業カンキョー。

「いまなら代理店になれるはず」と、私はすぐさま会社を訪問し、藤村靖之社長と面談した。

藤村社長は私と同じ歳だが、満州で生まれている。大阪大学大学院を卒業した工学博士で、小松製作所の熱工学研究室長を経て環境制御機器メーカーのカンキョーを設立した創業者でもある。お互いに意気投合し、その場で代理店契約をむすぶことができた。

発売当初のクリアベールは売値が７万円だったが、技術改良をへて５万円、３万５千円となって大ヒットした。１９９１年には空気清浄機で国内トップシェアを誇るまでに成長した。ちょうどその頃、私の娘（次女）が立命館大学理工学部を卒業し、環境の勉強をしていたので、私から藤村社長に頼んでカンキョーに就職させてもらった。

カンキョーの将来には大いに期待していたが、出る杭は打たれる。大手企業はいろんな手を打ってくる。国内トップシェアとなって数年もたたずして、クリアベールは売れなくなった。

藤村社長は、空気の次は水と考えていたので、私は「ハーレー」の浄化システムを説明した。やがて、ハーレーとよく似た商品「ロカ」を開発し、『暮らしの手帖』の商品テストでも最高の評価を得た。そこまではよかったのだが、問題は売値である。

クリアベールが３万５千円で大ヒットした体験から、社内会議でロカも同じ売値に決定したのだ。私はその決定前に、ハーレーが13万円だから、ロカは10万円程度にしてはどうかと提案していたので驚いてしまった。そしてこれはマズイことになったと直感した。

空気清浄機はコンセントにつなげばすぐ使えるが、浄水器はカラン（蛇口）の種類が多く、取り付けに手間がかかり、販売代理店もそれ相当の利益がなければ売る意欲がなくなる。私は自分の経験からそんなことを藤村社長に進言したが、残念ながら聞き入れてもらえなかった。

それでも私は、取引先だった生協にハーレーをやめて「ロカ」に切り替えることを伝え、45万部発行している京都生協のチラシの1ページ全面広告を打ち出した。これがなんと見事に失敗だった。性能もよく、値段も4分の1だから、ハーレーの四、五倍は売れると試算したのに、広告の反応は惨憺たるものだった。

浄水器は高価格のものが性能がよいという消費者の思い込みがあるせいか、『暮らしの手帖』でいくら評価が高くても売上にむすびつかなかったのだ。『暮らしの手帖』は広告をいっさい載せない商品テスト誌として信頼の高い雑誌だった。しかし近年は情報入手も多様化している。この雑誌の存在自体を知らない世代も増え、発行部数はどんどん下がっていった。

その後、「ロカ」は市場から撤退し、1998年、カンキョーは会社更生法の手続きをおこない、2005年にはそれを終了した。そして今はコンデンス除湿器を製造販売している。

値段の設定というのは実に不思議なもので、それまで売れなかった商品の値段を、2倍、3倍に吊り上げたとたんに売れ出したということはよくある話だ。高いものは値打ちがあるという消費者心理がはたらくからだ。

これまで市場になかった商品が普及していく過程では、思わぬ大ヒットとなって大儲けする企業家がいる。しかしその確率は万に一つだ。また、トップシェアを誇った商品でも、市場への普及率とともに競合の類似品が出てきて価格競争になる。安売り合戦になって資本力のない会社は倒産するか吸収合併ということになる。

企業は商品開発をし続けなければ生き残れない。地球環境そのものが危うくなった21世紀とあって、環境関連の商品は次から次へと世に出てくる。純粋に世の中ためにと開発する企業家もいるが、大儲けを企んで開発する人もいる。むろん金儲けがいけないわけではないが、その目的だけに群がるところには黒い欲望が渦巻いている。

私のところには、オイシイ話がいろいろと持ち込まれたりするが、先ずはその商品を開発した人がどんな人物なのかということを見極めて、最終的な判断しなくてはいけない。そして、どんなに優れた商品でも、右のような事情で消えていくものが少なくないということを認識しておく必要がある。言い換えれば、自分の本業から逸脱しないようにということで、それは私自身への自戒でもある。

水にこだわる「燃える男」？

「天のお告げ」によって浄水器ハーレーの販売は止めたが、その後も水との縁は続いていった。水と空気は環境問題の根本だから研究する人は多く、こだわりを持ち続けている私のところには必然的に人や情報が寄ってくるようだ。

ハーレーの販売から手をひいて数年後のことだった。琵琶湖の環境運動にかかわっている人たちのセミナーに参加したとき、会議の後で、水へのこだわりを各人が順番に話すことになった。ひとりの女性が、自分の家に設置している〝創生水〟について話した。

「この水を使うと洗剤なしで汚れが落ち、庭木にやればスクスク育ちます。値段は高いけれど、もちろん飲んでも美味しいです」

その水のことは、数年前の『ウータン』で読んだ記憶があった。女性と名刺交換した数日後に自宅を訪ね、創生水の値段を尋ねると、２００万円と聞いてびっくり。会社は赤字経営のときでもあり、「諦めます」と言った。すると女性は、「この水は夢を実現します」と言うなり、「吉川家にこの水がつきますように」と紙に書いて、創生水を入れたコップをその上に置き、「これで吉川さんも創生水をつけられます」とニッコリわらった。

何やら怪しい話だと思ったが、お金がいることではないので、「そうなったらありがたいです」と私は返事した。

数日後、京都の人間国宝のHさん宅から会社にコーボルト掃除機のフィルターの注文電話が入った。たまたま私が受話器を取ったので、いつもなら郵送していたが、久しぶりに私が家まで商品を届けに行った。

玄関先で娘さんに商品を手渡すと、「吉川さん、最近は何に燃えてはりますの？」と尋ねてきた。どうも私は「燃える男」に見えるらしく、時折、よく同じ質問をされるのだ。

さっそく創生水の話を始めると、熱のこもった私の声が奥まで届いたらしい。娘さんの父親が出てこられて、

「最近にないおもしろい話や。上がってじっくり聞かせて」と、応接間に通された。

話をしてしばらくすると、Ｈさんは「ちょっと失礼」と言って席をたち、すぐ戻ってこられた。

「久々におもしろい話やった。水にこだわり続けたあなたが、そこまで惚れ込んだ商品、これでお宅につけてください。こちらまで元気をもらった、そのお礼や」

そう言って、帯封にした札束２００万円を差し出されたのだ！　まるで嘘みたいな話だが、彼女が予言したとおりだったのだ。ありがたくそのお金を頂戴して、我が家に創生水を設置したのだった。

全国の一次代理店になったが

その後私は、創生水の代理店にもなり、少しは販売したが、いくら何でもやはり値段が高すぎる。贅沢品ならともかく、水は万民のものでなければいけない。自分が高すぎると思う商品は売れない。いくら水にこだわっていても、水の商売は私にむいていないのだろうか？　そんなこと

を思っていると、一通の代理店募集の案内が届いた。合成洗剤の害・アトピー対策に最適な軟水器「軟太郎」とあった。

差出人は三浦工業滋賀支店。ボイラーでは世界トップクラスの一部上場企業である。連絡すると訪ねてきた社員に次々と質問をした。手ごわいと感じたのか、名古屋支社からベテランの課長がやってきて、四国松山市にある本社に招待されることになった。

研究室や工場を見学、さすがに一部上場企業とあって驚きの連続だった。

ショールームには花王やライオンの合成洗剤の害をパネルで説明している。案内してくれた社員さんは、

「私どものボイラーは花王やライオンさんも使っておられますのでお得意様です。ですが、アトピーの原因のひとつが合成洗剤です。生活の水を軟水にすれば合成洗剤を使わずに洗濯でき、アトピーもよくなるのです」と自信をもって言うのだった。

次に大ショックがまっていた。あの創生水の外カバーがはずされていて、「この商品の主要部分はアメリカの軟水器です」と、その仕組みを説明されたときだ。三浦工業の軟水器は定価30万円だという。ということは……、6倍以上もする創生水を売っていたことになる。

いよいよ事業本部長との面談になり、話は盛り上がり意気投合。話が長くなるので結論だけ述べると、なんとエールを全国の一次代理店にすることを、そのときトップダウンで即決されたの

だった。

「水に深くかかわって知識と熱意のある吉川社長にこの事業を託したい」というのである。私は信じられない思いで大感動し、たいへん光栄でもあった。

この後で案内された旅館にある軟水風呂を体験してから道後温泉にも入り、軟水の良さを全身で体感し、この製品に惚れ込んだ。

ところが……、エールの第2の柱にすべく販売に努力してみたが、三浦工業の期待に応えることはできなかった。しかし、どれほど販売が難しくても、三浦工業は諦めることなく、一日に使う「飲料水」が1とすると「生活水」は99の割合で、その生活水を軟水にすると快適に暮らせるということで「軟水生活」を提案し続けている。その姿に私は尊敬すら覚えている。

水遍歴40年でたどり着いた水

水に関する商品の販売で私はトラウマを抱えてしまったが、「いのちの水」はどこまでも私を追いかけてきた。またもや「リアライザー」という優れモノに出会うことになった。２０１２年のことである。

ある日、北海道の木製家具メーカー・コサインの星社長から電話があった。「水のことなら吉川社長」だということで、東京で初めて出会ったという女性社長（鈴庄さん）に、私の電話番号を教えたというのである。もう水のことには関わるまいと思っていたので、正直なところ有難迷惑な思いもあったが、元日本航空に勤めていた美人の女性社長と聞いて、またしても心が少し動かされてしまった。「懲りないわね」と我が愛妻君は呆れていたが、話だけでもと鈴庄社長にお会いすることにした。

数日後聞いた話の結論から言うと、「リアライザー」は、ハーレーや創生水、軟太郎（三浦工業）などの優れた点を総合したものだった。その商品パンフレットには、建築士なら知らない人はいない象設計集団の冨田玲子さん、料理研究家の浜内千波さんらが顔写真つきで絶賛している。また東本願寺の御修復で日建設計が洗浄水として採用したという。

浄水器の多くはメンテナンスに費用がかかるが、リアライザーはそれが不要で、値段もリーズナブルである。製品の信ぴょう性はパンフレットの説明で私は一応納得した。しかし何よりも私が信用したのは、この製品を勧めにこられた鈴庄社長の生き様と人柄だった。彼女は日本航空を退職後、不登校の子供達を対象にカウンセリング付の塾を経営されているという。年齢対象は違うが「教育」という点では私と同志である。しかも不登校の子供を対象にしているということに私は敬服した。

最初は体よく断るつもりだったが、ついに水の終着点にたどり着いたのかと思ったとたん、代理店になりたいと口にしていた。痛風の克服のために始めた「水飲み健康法」から数えれば40年の水遍歴だった。

数日後、代理店契約を持って京都にある製造元のサージュコーポレーションに向かった。挨拶もそこそこに、鈴庄社長はリアライザーを設置しているという吉田幼稚園に案内してくれた。

「水は美味しいのはもちろんのこと、植物はよく育ちますし、プールの水が優しくなり、肌の弱い園児たちにとてもいいですね」と、同園長は絶賛されていた。

続いて園の隣にある歴史的由緒のある吉田神社へ。六角形と八角形の建物が合体した不思議な空間をつくっている奥之院へ向かい、玉砂利の敷きつめられた部屋に入り、丸いゴザの上に正座する。代理店契約書は神棚に置かれ、祝詞が半時間ほどとなえられた。

契約書を手渡されるとき宮司さんはこう言われた。

「この場所は、織田信長も秀吉も家康も座って祈りをささげたところです。世界的に有名な企業のオーナーも縁ある方はこちらに来られています。この浄活水器(瑞葉)には奥之院の印(㊀)を特別許可してつけています。この水は地球を救う水です、ぜひがんばって広めてください」

「リアライザーは神様の水です」と女性社長も言われていたが、水は神秘めかした言葉がどうしても出てくる。実際、「ルルドの泉」のように水にまつわる神秘的な話は世界中にあるし、科学的にとらえても水はふしぎな物体なのだから、私は素直に「神様の水」として受け止めている。

平成30年夏、ヨシカワ商事の新社屋には、還元力・浸透力・制菌力が優れ、建物全部の水を改善し、しかもメンテナンスは一切不要という「リアライザー」を設置した。40年にわたる水遍歴は、「リアライザー」の代理店となったことで打ち止めとなるだろう（商品の詳細については省略するが、関心のある方はお尋ねください）。

北欧との縁

「十年ひと昔」と言ったのは、もうずいぶん過去のことになる。今は数年で世の中が様変わりする。なぜそうなったのかといえば、企業活動が大きな影響をもたらしているからだろうと思う。

国境を越えた激しい競争にさらされた企業が生き残れるかどうかは、イノベーション力にかかっている。その一つが商品開発力である。そのために、とくに大企業では研究開発に利益をつぎ込み、常にイノベーション力を高めている。しかし新規の商品を出しても、すぐに類似品に追い付かれる。商品寿命が2、3年と短いのでイタチごっこのような競争が起こる。こうして世の中の変化スピードがどんどん速くなっていった。

ヨシカワ商事はモノづくりをしないが、可能なかぎり商品寿命の長いもの、できれば十年、二十年たっても生き残れるホンモノ商品を扱いたい。学研代理店だけの仕事をしていては発展がないどころか縮小してしまう（現に、周りはそういう代理店が多い）。したがってヨシカワ商事の経営者として一番にやるべきことは、当社の事業テーマに即した、ホンモノで寿命の長い商品を見つけ出すことである。そんな思いを抱き続けていると、人から人へと面白い縁がつながっていく。

私に北欧との縁ができたのは、フィンランドのログハウスを輸入していた建設会社の社長と出会ったことがきっかけだった。１９８０年頃である。

その社長は、6帖一間のログハウスをフィンランドで造って輸入し、家の庭に置いて子供部屋や男の隠れ家として提案していた。建築許可はいらないから日曜大工で手軽に組立できる。これなら幼・保育園にも提案できそうだと思い、フィンランドに視察にいくことにした。

結果的にログハウスの販売は、建設会社の倒産で終わってしまうが、私が感動したフィンランドと日本との意外な歴史的つながりについて記しておきたい。

フィンランド人は大の日本贔屓で、街を歩いていると「ヤポン（日本人）か？」とよく声をかけられた。メイン通りの名は、トーゴー（東郷）通り、ビール名にも「トーゴー」がある。なぜかと尋ねると、大国ロシアにたえず怯えてきたフィンランドの歴史と深く関係していることがわかった。

１９０４年（明治三十一）、東洋の小さな島国の日本が、当時世界最強といわれたロシアのバルチック艦隊をやぶり、日露戦争に勝利した。この快挙にフィンランド人は勇気づけられ、後の独立運動につながったというのである。

この歴史的大勝利は世界中を駆けめぐり、日本海軍総司令官の東郷平八郎の名を一躍有名にし、東洋のネルソンと称されるまでになった。ちなみに世界三大提督は、イギリスのジョーンズ・ネルソン、アメリカのジョン・ポール・ジョーンズ、そして東郷平八郎と言われている。世界三大提督のひとり、東郷平八郎の名は、当時ロシアに圧迫されていたトルコやギリシャでも感謝され、生まれた子供に「トーゴー」と名づけるのが流行ったそうである。人との縁というのは、こうした歴史的なつながりからも深まるものである。

私の父も海軍だったから、この話を聞いてなおさら親日のフィンランドへの親しみが増した。そしてその後、子供の体育遊具を探し求めるようになり、北欧（フィンランドやノルウェー）だけでなくイギリスやフランス、ドイツにも足を延ばすことになった。

逸品のコンセプトに惚れる

ノルウェー・ストッケ社の「トリップ・トラップ」に出会ったのは、中小企業家同友会の新聞記事を読んだのが最初のきっかけである。

北海道旭川にあるコサインという会社が、幼児用の木製椅子や机を開発し、組み合わせれば室内遊具にもなるという。これは面白いと思い、すぐさま電話して、東京で出会うことになった。

コサインの協力会社であるカンディハウス東京ショップに案内され、座るだけで姿勢がよくなるだけでなく、身体の動きをサポートするという椅子「バランスバリアブル」に出会った。立腰の大切さを思っていたので、その場ですぐ購入した。

私の知人に、原因不明の難病を患いながら奇蹟的に快癒した人がいる。その方は京大病院で死後の「献体」を条件に高額医療費を免除されて1年後に退院したが、体は酸素ボンベ付きで、階段ものぼれない惨めな姿だった。ところがその後、民間療法の整体師とで出会ったことで半年もしないうちに普通の元気な姿になった。腰骨のゆがみを調整したことで奇蹟的に快癒したのだ。私はこの目で見て感動し、立腰の大切さを痛感していた矢先だったのだ。

銀座松坂屋百貨店にストッケ社の売り場があるというので、そこも見学したところ、「トリップ・トラップ」に出会うことになった。この椅子を開発したデザイナーのピーター・オプスヴィックさんは、２歳になる息子が自然な姿勢で座り、家族の食卓に快適に加わることができないことに気づいた。探しても適当な椅子が見つからないことから１９７２年に開発したのだという。

腰掛けの下に足を置けるように二段式になっている。それだけのことだが、子供が成長していくなかで脚の長さに応じて座板や床板を調整し、大人になっても使い続けることができる。自分の手垢がついた椅子は愛着が出て捨てたりしないだろう。

日本では戦後、使い捨て文化と言われるほどモノを粗末に扱うようになったが、私はこの椅子を見ていっぺんに気に入ってしまった。流行にこびず、大事に使い続けるというコンセプトが素晴らしい。世界一売れている子供椅子というのも納得できる。

実際に坐ってみると背筋が伸びるのもいい。私は、森信三先生が唱えた「立腰教育」に共感していたので、この椅子を全国の保育園に広めていきたいと考え販売代理店になった。子供の姿勢

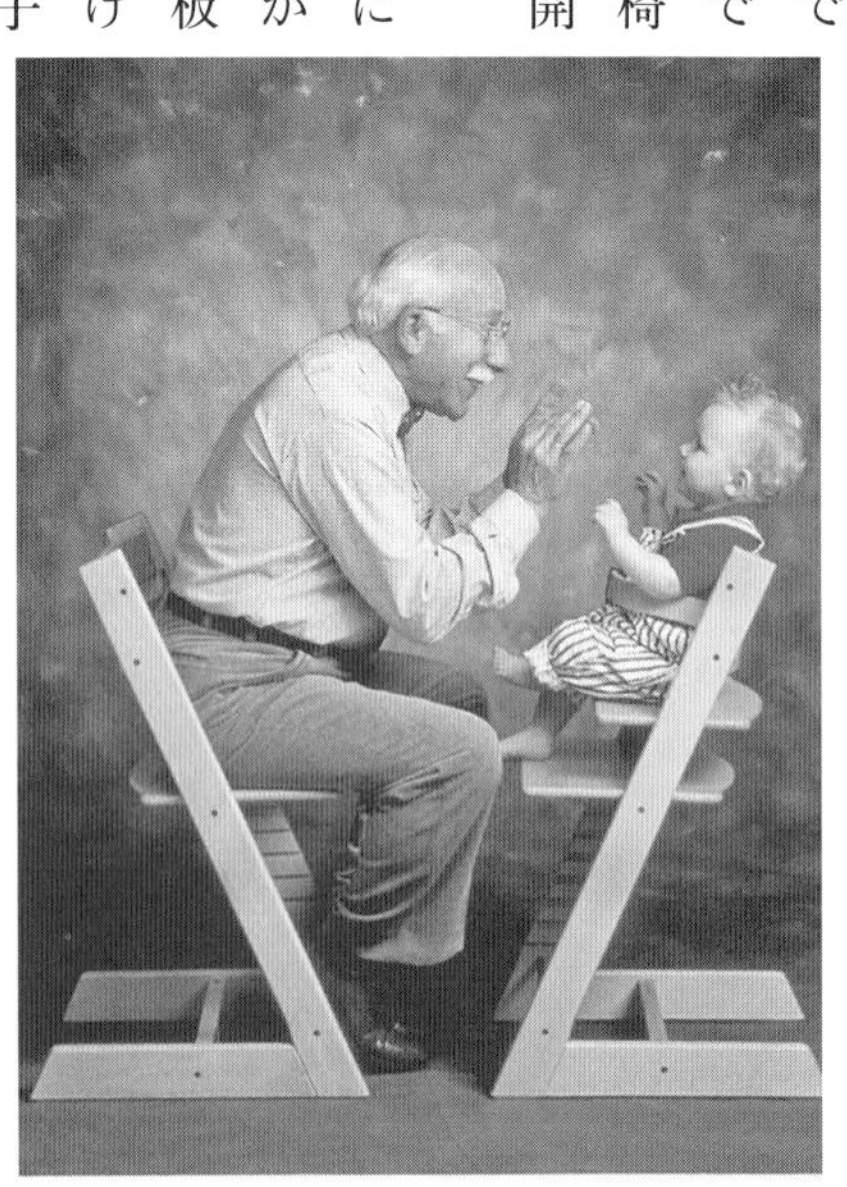

トリップ・トラップ

をよくするという意味では学習椅子で、開発者のコンセプト（食卓での家族団らん）からすれば家庭環境の椅子ともいえる。

やがて私は白鴎大学の荒井洌（きよし）先生等とストッケ社から招待され、フィンランドのときのように歓待を受けた。まさに絵になるように美しい景色に囲まれた工場に案内された。工場のなかでは60歳を過ぎた人たちも数人働いておられ、その中の一人は役員だった。従業員たちは一カ月間の長期休暇をとって休んでいるが、これは国が決めた規則だという。ノルウェー人の7割は山荘やヨットを持ち、長期休暇の間に自分の家の手入れをしたりする。だから家の財産価値は決して下がることはない、などという話に私はとても感動し、そういうノルウェー人の精神で作られた「トリップ・トラップ」に出会ったことに感謝した。

ヨーロッパにはその後も何度か訪れ、フィンランドの暖炉、ドイツの掃除機（コーボルト）なども扱うようになった。ドイツの掃除機は床カーペットの部屋が多いヨーロッパの家事情から開発されたもので、ダニや糸くず、ホコリなどをよく吸引する。これからの日本でも需要が増える商品だと思ったが、残念ながらその良さが解ってもらえず、さほど売れていない（近年、国内産のすぐれた掃除機が増えているが、今でも世界一の掃除機だと私は思っている）。

一家団欒には遠赤外線効果のある暖炉が良いのだが、日本では暖炉を必要とする家は少ないのでこれもほとんど売れなかった。当たり前のことだが、いくら良い商品であっても気候風土にそぐわなければ売れないものだ。

かつては日本でもストッケ社の椅子のように、製品寿命の長い逸品を作ることで会社を存続させることができた。今でもそういう企業が皆無ではないが、世の中の激しい変化のなかで生き残っていくことは難しい。福祉が充実しているせいか、北欧の人々は日本人のようにあくせくしていない。私は子供の体育遊具を探しながら、ヨシカワ商事も何とか百年続く逸品を持ちたいものだと考えていた。

百年、二百年続く会社に育てたい

第一章で述べたように、私は大学を卒業後、これからは流通業だと思ってダイエーの就職面接を受けたが不採用になった（１９６７年）。それから半世紀たった今、大手流通業は全国各地の小さな商店街を、閑古鳥の鳴く寂しい街に変えてしまった。

商店街がこういうことにならないように１９７３年（昭和四十八）に制定されたのが略称・大店法（大規模小売店舗における小売業の事業活動の調整に関する法律）だった。つまり、大型店の出店を規制もなく許すと、街の小さな小売店がつぶれてしまうので守ろうという法律である。出店のさいには、地元との調整を十分にはかることを前提に、店舗規模も規制がかけられた。

しかしそれから17年後（１９９０年）、この法律を改正し、さらに廃止に追い込もうという動きが出てきた。それは日本国内の大手流通業界ではなく、日本市場の開放を求めるアメリカからの「外圧」だった。日米の貿易格差を縮小する目的で行われた日米構造協議において、この法律の撤廃を要求してきたのだった。

それから十年後の２０００年（平成十二）、「大店法」は廃止され、新たに「大規模小売店舗立地法」が成立した。合わせて、中心市街地の空洞化を食い止めるため「中心市街地活性化法」が制定され、都市計画の規制を強化しようと「都市計画法」が一部改正された。

こうして超大型店がどんどん増えだした。そして、どの地方都市に行っても大型チェーン店の看板が目立ち、地方の特色が希薄になって、街並みが金太郎あめのように似通ってきた。

小売り流通業界のトップを走って来たダイエーが、バブル崩壊後の１９９０年以降業績不振におちいった。そして２０１５年（平成二十七）、ついに同業大手のイオングループの傘下（完全子会社）となった。いずれこうなることは経済評論家やマスコミの記事で予想されていたとはいえ、私は何となく寂しい気持ちになった。

もしダイエーに就職できていたとしても私は早々と独立していたと思う。しかしそれにしても創業者の中内功氏は、１９９８年（平成十）にはプロ野球球団（福岡ダイエーホークス、現ソフトバンク）を買収し、流通科学大学も同年に開設し、飛ぶ鳥を落とす勢いであっただけに、その晩年はあまりにも寂しかったと想われる。

今や、百貨店をはじめスーパーなどの大型店舗でさえ、ネットショップやコンビニなどの隆盛によって苦戦を強いられている。出始めのころは目新しいビジネスモデルでもその寿命は短くなるばかりで、企業の平均寿命も短くなっている。

「百年の計」という言葉があるが、人生も企業もそれくらいのスパンで考えたいものだ。中内創業者の企業家精神には敬服するが、経営者の端くれとして私が常に思うことは、事業規模を大きくすることよりも幼児教育の応援で百年、二百年続く会社に育てたいということだ。

私は母子家庭に育ったこともあり、失業は恐怖そのものだった。無理な経営をして、家族や社員が路頭に迷うことがあってはならない。そのためには何としても、時代の流行に左右されないヨシカワ商事のオリジナルな商品、あるいは普遍的な価値あるモノを持たなくてはいけない。そういう思いもあってヨーロッパの国々を訪ね、子供の体育遊具を探し続けていたのである。

ところが灯台下暗しで、その遊具は国内にあり、しかもすぐ身近にあったのだ。そこまでに行き着いたのは、よしかわ書房を経営していたことが幸いしたのだった。およそ13年間経営してよしかわ書房は閉じることになったが、書店をしていなかったら安田祐治先生に出会えなかっただろう。さらに言えば、学研代理店をしていなかったら中井清津子先生（元園長・現相愛大学教授）にも出会っていなかった。

ある日私は、大津市役所の廊下で中井清津子先生とばったり出会った。数年ぶりだった。その時、「子供が遊ばなくなった体育遊具」のことを相談すると、安田祐治先生の名前が挙がったのである。

後から思えば、一念一途の思いがつながった瞬間だった。

第5章

よしかわ書房の十三年

志を立てる上で大切な四つのこと
『読書・師友・逆境・感激』

橋本　佐内「啓発録」より

他人の利益を考えて、自分の時間を捧げれば
肝心なときには、必ず、天が味方してくれる

バックミンスター・フラー

猛反対を押し切って書店オープン

母の実家で幼い頃から肩身の狭い生活をしてきた私は、大学を出て働くようになったら一年でも早くマイホームを持ちたかった。その夢は、25歳の時に実現した。小さい建売住宅を何とか長期ローンで購入できたのだ。

そこは大津市内の新興住宅地で、子供をもつ家族の住宅がどんどん増え続けて新たな小学校ができ、家の前が通学路になった。そこで私は母親のために、庭をつぶして増築し、小さな文具店を開くことにした。

母親は新たな生きがいを得て喜々として働いてくれたし、私は大阪の文具問屋に仕入れに行き、小売業の基礎を学ぶことになった。端的にいえば、商材の小売値と卸値の関係である。つまり、どんな商品でも市場に普及していくためには、安すぎても高すぎてもいけないということである。生産者は、小売りをする人の利益、卸の利益を十分考慮に入れて作らないと、どんなに良い商品でも普及しない。小さな商いだが、売れ筋商品を吟味したり、仕入れロットを決めたり、小売り商売の面白さがあった。

それに対して、学研代理店の業務は、学研から供給される商品を顧客に届けるルートセールスである。受注で届ける商品だから、保育園・幼稚園の園長先生や主任の先生に会って、学研の分厚いカタログのなかの商品から注文を受ける。学研を含めて大手五社があり、それぞれがよく似た商品を扱っているので、売上の差は、園長先生にいかに気に入ってもらえるか、つまり人間性の勝負の世界である。

私が学研代理店を始めた頃、戦後の第二次ベビーブーム（1971～74年）に入っており、この3年間は年間200万人の新生児が誕生している。1947～49年（昭和二十二～二十四）生まれの団塊世代（年間270万人ほど誕生）の子供たちなので団塊ジュニアと呼ばれている。

おかげでヨシカワ商事の営業テリトリー内にも新たな園や小学校がいくつも造られ、ルートセールスでもそこそこの売上は確保できた。しかし学研から供給されるだけのものを売っていても先は見えている。営業テリトリー以外に販路を広げられないし、新生児が減ってきたらどうなるのかとも思った。当時は、今日のような少子高齢化を想像できなかったが、2016年（平成二十八）には新生児が100万人を割っている。

学研代理店としての販売だけではライフワークにならないと思い、空いた時間はフルに生かして、園や小学校に提案できる商品を探し求めていった。自然系の石けんに始まり、食養（健康食品）や環境関連の商品である。

先に述べたように、園の先生方は、私が食養の話をすると熱心に聞いてくれた。ただ、私は学研が供給する絵本や教材だけでは物足りず、図書館や本屋に行って調べていたので、私がコレと思った絵本や本の話をしたくなってしまうのだ。

しかし学研代理店としては、学研発行の絵本を売らずに、他の出版社の絵本を売るわけにもいかない。そこで私は思案した挙句、よしかわ書房をオープンすることにした。１９８６年（昭和六十一）のことである。

創業時のヨシカワ商事が手狭になってきたので、その7年前には事務所兼自宅を南郷一丁目に移転していた。地の利のよさに目をつけ、住宅会社のモデルハウスだったのを購入したのだが、このモデルハウスを取り壊し、３階建ての鉄筋ビルを建てた。そして小さな文具店も兼ねた書店をオープンしたのである。

この計画にはもちろん妻と母は猛反対だった。引っ越して7年も経たない家を取り壊し、借金までして建て替えるのだから、無茶・無謀と言われても仕方がない。それでも私は押し切った。まさに猪突猛進だったが、ヨシカワ商事にとって書店経営が大きなプラスになることを私は確信していた。

書店経営、3つの理由

何でも新しい事業をするときリスクは必ず伴うものである。企業家はそのリスクがどの程度のものかを考えながらスタートするが、新たな事業はとにかく始めてみなければわからない部分が多いのだ。大事なことは、なぜその事業をするのかということである。

私が書店経営することを決めた理由は次の3点だった。

① 学研代理店というのは社会的信用力があるが、学研ブランドにぶらさがってばかりでは発展がない。むしろ現状維持が危ない。

② 幼児教育という大事な期間に、ホンモノでオリジナルな良書（絵本など）を提供したい。書店主の話なら、園の先生方も耳を傾けてくれるにちがいない。

③ 国道沿いの新事務所の周辺は高級住宅地であり、滋賀大学も近くにある。本好きの人たちがそれなりにいるはずだが、本を買うには大津市内まで出ないといけない。

以上の3点だが、これに加えて私自身が本好きだったということもある。しかし読書は「趣味」の領域であり、事業をする理由に入れるべきではないだろう。ただし私は講演をする資料としても本を読むので、それは仕事の一部と言えるかもしれない。

地の利のよい場所に新事務所の物件が見つかったとき、そこで文具店は継続する予定だったが、書店経営までは頭になかった。本屋には煩雑な棚卸作業があるだろうし、片手間にできるはずもないからだ。ところが京都に書店をフライチャイズ（FC）で展開している会社があることがわかり、そこに加盟したら本の流通からノウハウまで提供してくれるという。そういうことなら新たにビルを建ててもいけると判断したのである。私はもちろん妻や母に、右に挙げた理由を話しはしたが、それでも余りに唐突なことだからと二人は猛反対したのだった。

書店経営はオープンした当初から順調だったので私はとりあえずホッとした。そうでなかったら妻や母に言い訳が立たないからだ。

新刊書や雑誌が毎日のように送られてくるので最初のうちはその作業に手間取っていたが、私は時間を見つけては新聞、雑誌の書評を読んで、これはと思う本を独自に仕入れていった。学研から定期的に届く教材や商材はルートセールスなので、大きな商談以外は社員やアルバイトに任せきりで、私はすっかり本屋の店主におさまって読書に余念がなかった。

そんな日常がしばらく続いていたが、書店経営には予想以上に大変で不愉快な「仕事」が待ち受けていた。万引き対策とその対応である。

家庭崩壊を感じた「万引き」の多さ

「防犯カメラを万全にしたつもりでも万引きはゼロにはできません。でも対策を講じないと利益に大きなマイマスを生じますから、しっかりやってください」

書店経営についてはFCの本部からレクチャーを受けて、防犯カメラの設置をはじめ万引きが起きたときの対応についても教えられていた。だからその〝覚悟〟はできていたのだが、高級住宅地で開店した書店なので、万引きするような人はいないだろうと、当初は防犯カメラを設置していなかった。

しかし棚卸をしてみると数字の差があまりにも大きい。これはやはり万引きのせいだと思い、防犯カメラの設置はやむを得なくなった。事務所のモニター画面から店内の様子を見ていると、実に巧妙に万引きをしている。見ているこちらの方が、胸がドキドキして足が震えるので、我ながら可笑しくなった。

よしかわ書房（南郷一丁目）の周辺は、大津市内では高級住宅地と言われ、中学校は県下一の膳所高校への進学率も高い。子供の両親は大卒が多く、医者や大学の先生、一流企業のサラリーマン家庭が多いと聞いていた。そのような家庭の子が万引きするとは想像していなかったのだ。

万引きした子供（中学生、高校生）を捕まえると、事務所で氏名・住所・学校名を書かせる。

子供たちは悪びれることもなくスラスラと書く。なぜならそれらはすべて偽名だからだ。ゼンリンの住宅地図を見せて問いただすと、ふてくされた顔で本名と住所を書くといったパターンだった。

一度目は放免するが、反省もなく二度、三度繰り返す子供がいる。そのときは止むを得ず、その子の家まで行って親に報告することにした。家の門構えや造りからして裕福そうな中流家庭が多かった。玄関口に応対に出てくるのは母親がほとんどだった。

「申し訳ありませんでした。二度としないように、よく言い聞かせます」

「お小遣いはちゃんと渡しているのに、魔がさしたんでしょうか。すみませんでした」

「この子は普段はいい子なのに……、友達にそそのかされてしたんでしょうか」

などと、母親はいちおう謝るのだが、それほど恐縮した様子もなく、早々に帰ってくれと言わんばかりの対応である。

夜分に行くと、玄関に父親の靴が脱ぎ揃えてあり、帰宅している様子だったが、両親がそろって対応に出てくることはほとんどなかった。こういうときにこそ父親が出て子供を叱り、きちんと対応してほしいと思ったが、たまに顔を出しても酒臭い息で「金を払えばいいんだろ」と喧嘩ごしで言ったり、「後でよく叱っておきます」と言って引っ込み、妻に任せてしまうのだった。父親がいるのに〝不在の家〟に、私は「家庭崩壊」の兆しを感じたものである。

「学級崩壊」という言葉がマスコミでさかんに言われるようになったのは一九九〇年代の後半と言われている。とくに小学一年生の入学直後の児童に多く見られたことから「小1プロブレム」などと呼ばれた。しかしその後も学級崩壊は全学年に広がり、学校崩壊にもなっていった。

こういうニュースを見るにつけ聞くにつけ私は、「幼児教育が今後ますます重要になってきますね」と園の先生方とよく話したものだが、学級崩壊の一因というより多くの要因は家庭の躾にあると私は思っている。万引きした子供の両親（ほとんどが母親）の対応からして、そう思わざるを得ないのだ。

父親のギャンブルや酒癖の悪さや暴力などで家庭崩壊という話は昔からあった。しかし近年は、父親も母親も子供の躾や食養をおろそかにして、その挙句に、子供の反抗期になって家庭崩壊という事例が多いのではないだろうか。

書店経営を続けた十三年間、万引きの対応は頭痛のタネであり続けた。

幼児期からホンモノを見せる

本との出合いが、その人の人生を大きく変えたという話はよく聞く。私自身も、考え方や生き方を学んだ本はたくさんある。だから私は、「食育や環境」関連の本をはじめ、いわゆる良書をできるだけ揃える努力をしてきたが、書店の経営は雑誌類の売上が多くを占めている。

銀行の担当者から見ると、よしかわ書房はよほど変わった本屋だったのか、

「吉川社長、もっと世間で売れている本をどんどん売らないといけませんよ」と助言されたことがある。そのときは、一時ベストセラーになった某女優のセミヌード写真集を揃えていなかったからだった。

『子どもの本の選び方、与え方』という鳥越信さんの本を読んで感動し、絵本を選ぶ際はできるだけ原作に忠実で、手抜きをしていないものを選ぶようにした。とにかく子供のころから「本物」を見る目を養うことが大切だという鳥越さんの意見に共感し、図書館まで行って、いろいろな絵本を見比べては取り寄せた。

ディズニーの本場のアメリカでも、子供図書館にはディズニーの本は置いていないという。そういう「まともな本屋」でありたいと思い、本の取り揃えにこだわった。ただし人それぞれだから、価値観の押し付けはいけないし、逆効果だ。園の先生方には、「こういう絵本もあります」という程度の案内PRをさりげなく行った。

講演のときに話す内容をより濃く面白くするためにも、その資料となる読書は欠かせなかった。講演を依頼されるのは婦人会や自治会なので聴衆のほとんどは女性である。私は「くらしの安全ネットワーク」の主宰者、よしかわ書房の店主として話にいく。女性は抽象的な話よりも生

活に身近な具体的な話を好む。食養や環境というテーマは生活に密着しているから熱心に耳を傾けてくれる。

その都度、参考になる本を少なくとも7~8冊は紹介したが、たとえば次のような本である。

『怖い食品1000種』（郡司篤孝著）
『飽食日本の子供が危ない』（真弓定夫著）
『食とからだのエコロジー』（島田彰夫著）
『栄養と犯罪行動』（大沢博著）
『今、食が危ない』（学研　ウータン驚異の科学シリーズ）
『なぜ青汁を　今の食では国が滅ぶ』（柏原邦夫著）
『小食が健康の原点』（甲田光雄著）

一九八〇年代後半から九〇年代始め頃までは「食養」関係が多かったが、阪神淡路大震災（1995年）以降になると、子供の体育（からだ）に関する本が多くなった。

子供が遊ばない

学研が発行する「ウータン驚異の科学シリーズ」は、食や環境に対して警鐘を鳴らす内容のシリーズが続いていた。地球環境白書と謳っているだけに、幅広い視点から環境問題を取り上げているが、その中心テーマとなるのはやはり「食」や「水」、「ゴミ」や「地球環境」に関する問題だった。

そして1992年（平成五年）2月発行のシリーズ第10号では、ついに子供の「からだ」の異変を特集したタイトルとなった。

『今、「子供」が危ない』——である。私は「ウータン驚異の科学シリーズ」をずっと読み続けていたので特別驚きもしなかったが、初めてこの類の本を手に取った人は驚愕するだろう。一九七〇年代の頃から、さまざまな専門分野の先生方が警鐘を鳴らしてきた怖ろしい異変が「子供のからだ」に現れ、統計データにもはっきり示されたのだ。

私は正直なところ、この雑誌（『今、「子供」が危ない』）の中身については、「ついにここまできたのか」というくらいにしか思えなかった。

それよりも私にとってショッキングなことは、この雑誌が出る数年前にあった。一九八〇年代後半の

ことである。

ある園を訪ねて、私がいつものごとく園長先生に食養の話をし始めると、

「吉川さん、食養もたしかに大切だけれど、最近の園児は外の遊具で遊ばなくなったせいか、食が細くなったのよ。きっと楽しくないから遊ばないのだと思うけど、楽しくて熱中するような遊具はないのかしら？」

と言ったのである。

私は一瞬、その意味がわからなかった。

「ほら、ごらんなさい。子供たちが遊具で遊んでいないでしょう」

園長に言われて園庭を見ると、たしかに、子供たちは遊具で遊ばずに走り回ったり砂遊びをしたりしていた。つまらなそうにぼんやりして座ったままの子供もいる。

この園の外遊びの遊具は、学研のカタログに載っていた中から選んでもらい、ヨシカワ商事が納めたものだ。ショックとともに責任を感じた私は、それからテリトリー以外の園の遊具（学研以外の遊具）もいろいろを見て回った。どの園にも、おとぎの国にあるような可愛らしい遊具がある。しかし子供たちは外遊具に親しんでいなかった。

その光景をいくら眺めていても子供が遊ばない理由がわからなかった。私は、食養へのこだわりを持ちながらも、「幻の遊具探し」がそのときから始まった。

大型書店の出店で、よしかわ書房を閉める

幻の遊具探しを始めて数年後、大津市役所の廊下で中井清津子先生にばったり出会った。

「まぁ、吉川社長！　長いこと出会わなかったけど、この頃は何に燃えておられますの？」

中井先生は、いつも何かに燃えている私をよく知っておられるので、手短に近況報告してからこう言った。

「実は、子供が自ら楽しんで熱中して遊び続ける外遊具を探しているんです。国内だけでなくヨーロッパやアメリカまで行っています」

すると中井先生は、こう言われた。

「京都に、元校長先生の安田祐治先生が体育あそび研究会を主宰しておられます。昭和48年から勉強会を開かれ、私も参加しています。ひょっとしたら解決策が見つかるかもしれません。私から頼んでみます」

「ありがとうございます。よろしくお願いします」と喜んで返事を待っていると、翌日、中井先生から電話があった。

「この会は小学校や園の先生方の勉強会なので、業者の方は参加できません、と断られました」

またもや振り出しにもどらなければいけない、残念な返事だった。

その後の経緯については省略するが、海外での「幻の遊具探し」を諦めて、国内にその的を絞ったちょうどその頃に、安田先生との運命的な出会いが待っていたのである。「体育あそび研究会」にコンタクトしたときから7年が経過していた。

その7年の間、私は相変わらず「食養と環境」をテーマにした講演を続け、ヨシカワ商事や書店の仕事にも邁進していたが、1990年（平成二）にはバブル経済崩壊の後遺症で日本経済は沈滞し、それに打撃を与えるかのように1995年（平成七）1月17日、阪神淡路大震災が起きた。

その年、開業11年目になるよしかわ書房は大ピンチに陥っていた。その理由ははっきりしている。大型書店が近くにオープンしたからである。

よしかわ書房がオープンした場所は交差点のそばにあり、駐車場をつくるスペースがなかった。車で来たお客が二車線の狭い道路わきに駐車するので、交差点では度々交通妨害を生じさせていた。店の前に「駐車しないように」と書いていても、車を止めるお客がいる。当然、近隣からクレームが来るようになった。

書店の売上は伸びていたから、近くにテナントがあれば移転させようと考えていたところ、たまたま近くにあったレストランが閉店してテナント募集していた。よしかわ書房から歩いて2、3分の場所で国道沿い、駐車場スペースは7、8台ある。レストランからの改装費で一千万円近い出費は大きかったが、売上は順調だから大丈夫だろうと楽観していた。ところが、そこに移転して二年後、大型書店が百メートルも離れていない場所にオープンしたのである。これに私は怒り心頭となった。

飲食店や飲み屋街は、できるだけ店の数が多い方が、メニューは豊富になるし客寄せにもなる。ただしそれだけの需要（人口）がある市場に限られる。通常、街の小さな商店街には同業種はつくらないものである（八百屋や魚屋が並ぶということもあるにはあるが）。

しかし一九九〇年代後半は、大型店舗の出店を規制する法律（大店法）は事実上無くなりつつあるときで、昔のように商店街同士の団結もない。ローソンが出店したすぐ近くに、セブンイレブンが対抗して出店したり、資本力に物を言わせる自由競争・過当競争が起きている。

それも時代の流れといえばそれまでだが、書店は大型店舗のほうが有利に決まっている。よしかわ書房は早くからPOSレジを導入して毎日売れた本のデータをFC本部に送っていたので、それが日販に流れたようだ。よしかわ書房の近くにできた大型書店は、その情報を「市場調査」として利用して出店したのである。私はそのことを日販に出向いて抗議したが、「そういう事実はない」と一点張りで、まったく埒が明かなかった。証拠がないのだから仕方がない。

大型書店が出店したその月から、よしかわ書房の売上は激減した。本屋はどこでも雑誌類の売上が大きいので、私がいくら本の取り揃えに工夫・努力したところで差別化には限界がある。テナント店舗なので家賃の支払いがあり、売上が半減したときから赤字に転落した。

悔しいが、このまま続けていたらヨシカワ商事にしわ寄せがきてしまう。何とか書店を続けたいとの思いから、書店の店先に小さな屋台店を出して無添加の黒豚の肉まんを売ったりもした。しかしこのビジネスは大失敗に終わり、１９９７年、私は愛着のあったよしかわ書房を断腸の思いで閉じることにした。

よしかわ書房を閉じてから20年後、その大型書店も店終いとなった。今はドラッグストアとなっているが、近年のドラッグストアは食料品や酒類も扱い、業種の垣根がない。資本力に物を言わせる、まさに弱肉強食の時代である。

エールを創立

出版業界の不況が言われてから20年以上になる。２００１年（平成十三）をピークに出版業界全体の売上は毎年下がり続け、２０１６年（平成二十八）には約一兆六千七百億円となり、15年間で5割近く減少している。当然、出版社も書店の数も激減し、その一方で書店の大型化が始まっている。

本離れの傾向はもっと早くから言われていたが、インターネットやスマホの普及で拍車がかかった。いまや、出版業界の売上の約2割が電子書籍で、そのうちの8割が漫画本だそうである。本好きの私としては何とも情けない気持ちである。本のデジタル化という時代の流れはこれからも止めようがないと思うが、書籍はやはり紙の本（アナログ）で読んでこそ頭にしっかり入ると思うからだ。

ＩＴ企業による膨大な情報のデジタル化によって、あらゆることが便利になりスピード化した。私もその恩恵をこうむる一人ではあるけれど、人との出会い、本との出合いはやはりアナログがいい。デジタル化が進めば進むほど、直接的な出会い、すなわちアナログの重要性が増していくのではないだろうか。

ちなみにＩＴ企業のアマゾンは本のネット販売から始まったが、今やあらゆる商品を扱う世界的マンモス企業になっている。その結果アメリカでは、街の書店ばかりか大型ショップモールさえも閉店に追い込まれてしまった。人々の出会いの場がなくなったことで街のにぎわいは消え、多くの失業者やホームレスをも生み出しているという。今後さらにＩＴ技術が発展することで、こうしたことがどの国でも起こりうる。

よしかわ書房を十三年目に閉じることになったのは残念だがやむを得ないことだった。しかし書店を経営したことで私は多くのことを学び、多くの素晴らしい人たちとも出会えたのである。

どんな人生にしろ、この出会いこそお金に代えがたい財産なのだ。

先述したように、私が初めて安田先生のお名前を聞いたとき、「体育あそび研究会」にすぐ連絡したが、業者は同研究会には参加できないと、あっさり断られてしまった。

その後も「幻の遊具探し」が七年間続いたわけだが、海外では見つからなかったので再び国内に目を移し、安田先生に直接電話したのである。そのとき私は「よしかわ書房です。近々、どこかで講演されますか。そのときぜひ、お会いしたいのですが」と挨拶すると、大津市内の志賀幼稚園で講演すると言われた。

その会場で安田先生に初めて出会ったときにわかったのだが、私は取材のために訪れたのだと勘違いされていたのだった。ヨシカワ商事を名乗っていたらまた参加を断られていたかもしれないが、「よしかわ書房」の名前が、出版社と思われたのが功を奏したのである。

安田先生と出会ったその日は忘れもしない、１９９４（平成七）年5月25日。

安田先生の講演と親子体操が終わった後、私は先生の自宅まで車でお送りすることを申し出て、その道中での一時間余り、子供が遊具で遊ばなくなったこと、「幻の遊具探し」のことを熱弁した。先生はほとんど聞く一方で頷いていたが、家に着くと「まぁ、あがりなさい」と言ってくれた。それから数時間、私は庭にある小さな山小屋のような研究室にも案内され、先生がトツトツと語る安田式遊具の理念と情熱に心打たれ、設計図や模型なども見せられて大感動したのだった。

安田先生は75歳、私は50歳になっていた。親子ほど離れているが、年の差など全く感じさせなかった。安田式遊具についての詳しいことは、本書の後に出版する『これからの教育は脳を育てる体育遊びから』（仮タイトル）に書いているので、お読みいただけたら幸いである。

1995年（平成七）2月22日、安田先生が考案設計された遊具を販売するためにエール株式会社を創立した。

安田先生と出会ってから8カ月後のことである。1972年（昭和四十七）のヨシカワ商事設立から数えると、ちょうど四半世紀が経っていた。私にとっては全く新規の第二の創業だった。

囲炉裏で対談

第6章 幼児教育の原点へ

遊びは『楽しい事に熱中する』人類の本能である。
夢中になって活動する生活の中で育った
「まともな脳」を持つことでのみ、
「まともな人間」は育つのである。

安田　祐治

「運動遊びが子供の脳を育てる」

「矛盾のない仕事をしたい」との一念から独立したが、会社の経営者になるというよりも生き方の選択だった。もちろん経営者として会社を大きくしていきたいという望みがあったが、近江商人の「三方よし」の考えから外れて規模拡大を追求するのは間違っている。それは私が望む生き方ではない。

「三方よし」のホンモノの商材を求め続けてきたのは、それが幼児教育に役立つものであり、なおかつ会社の発展につながるものであったからだ。食育と環境をテーマに、私が自分の目で確かめ、吟味して選んだ商材は自信をもって人に勧めることができた。それらの商材は、ヨシカワ商事の売上に貢献してくれたが、市場への普及につれて、あるいは競合品の登場によってメーカーが倒産したり、当社自体の販売メリットが無くなったりもした。

食育と環境についての啓発活動は今も続けているが、以前ほど熱心ではなくなった。その理由はいくつかある。一番の大きな理由は、エールを創業したことによって、そちらに私の時間もエネルギーも費やすことが多くなったからだ。

二つ目の理由としては、生活者（消費者ではない）の意識の変化である。食育や環境についての情報は、書籍や雑誌以外にもネット上でたくさん流れており、安心安全やホンモノにこだわる人たちは、自分で情報を得て判断し、しかるべき処で購入もしている。

その一方で、大手食品メーカーの洗脳的なＰＲに疑問を感じないで購入する人は相変わらず多い。要は、人それぞれの意識の問題ということなのだ。情報過多の中で、もはや私が声を大にして啓発（講演活動）する必要もなくなったようである。

よしかわ書房の経営を通じて、私がとくに選び揃えてきた書籍は、食育や環境関連のほかに幼児教育に関する絵本や「知育」の本があった。ヨシカワ商事の事業テーマが、食育・環境・教育だから当然なのだが、エールを創業したことで、私の関心は子供の「遊び」に関する本に移っていった。「運動遊びが子供の脳を育てる」という安田祐治先生の体験的理論に共感し、刺激されたからである。

当時（平成九〜十年頃）読んだ本をいくつか挙げてみる。

『森林がサルを生んだ―原罪の自然誌』（河合雅雄著）
『危険！　テレビが幼児をダメにする』（岩佐京子著）
『シュタイナー再発見の旅―娘とのドイツ』（子安美智子著）
『幼児期には2度チャンスがある』『子どもは動きながら学ぶ』（相良敦子著）
『赤ちゃんの運動能力をどう優秀にするか』（グレン・ドーマン著）

『脳と保育』・『脳と人間』（時実俊彦著）

『腰骨を立てる』『修身教授録』（森信三著）

人間のからだは食によって成り立っている。だから幼児期のうちから正しい食を採る習慣づけが、健康な体を維持する秘訣である。このことは全く間違っていないのだが、私は幼児期の生活は「遊び」が中心にあることを忘れていたようである。遊びこそ、幼児教育の原点ということである。

安田先生と出会うことで目からウロコが落ち、先生が唱える理論の裏付けともなる「体育」と「あそび」に関する本を数多く読むようになった。そしてエールを設立した社会的使命をいっそう確固なものとしたのである。

ヨシカワ商事はこれまでどおり「食育・環境・教育」を事業テーマとし、エール（ＹＥＬＬ）は幼児教育にエール（応援を送る）というコンセプトで、安田式遊具と安田メソッドを全国に広めていくことになった。ちなみにＹＥＬＬは、「yoshikawa Education Life Laboratory」の略である。

遊びこそ、幼児教育の原点

ウータン驚異の科学シリーズの第10号、『今、「子供」が危ない』（学研）では、子供の心と体が蝕まれているということで十五項目ほどの現象を挙げていた。常日頃、食育の大切さを訴えていた私がとくに注目したのは、「噛めない・噛まない」ために、顎がほっそりした宇宙人顔の子供が増えているということだった。また、「急増する小児肥満と成人病」、「もろく折れる子供たちの骨」、「子供たちの足から土ふまずが消えた⁉」といった項目も気になっていた。

この雑誌が出たのは１９９２年（平成四）、エールを設立する3年前のことである。それから14年後の２００６年（平成十八）の『こどものからだと心　白書』を読んで、私は子供のからだの異変はついにここまできたのかと驚いてしまった。この白書を読めば、安田先生がなぜ子供の「体育あそび」を重視し、なぜ安田式遊具を開発したのか、誰もが納得するはずである。

年追うごとに深刻になっている。次ページの表は、２０１０年の『こどものからだと心　白書』にある保育所・幼稚園・小学校のアンケートで、「〝最近増えている〟という実感の回答率・ワースト10」である。

この表をみてすぐ気づくのはＡＤＨＤ（注意欠如多動性障害）である。一体いつこんな病名がつくられたのか私は知らないが、「学級崩壊」がマスコミでさかんに言われ出したころ、「多動症」の子供が増えたと私の周りでも聞くようになった。学童期ではADHDの出現率が3〜5%

「最近増えている」という“実感”回答率・ワースト10
2010年の白書

保育所
1. 皮膚がカサカサ
2. すぐ「疲れた」という
3. 保育中、じっとしていない
3. 背中ぐにゃ
3. アレルギー
6. 朝、起きられない
7. 夜、眠れない
7. ぜんそく
9. 体が硬い
10. 奇声を発する
10. 自閉的傾向

幼稚園
1. アレルギー
2. すぐ「疲れた」という
3. 背中ぐにゃ
4. ぜんそく
5. 自閉的傾向
6. 皮膚がカサカサ
7. 保育中、じっとしていない
8. 発音が気になる
9. 床にすぐ寝転がる
10. 転んで手が出ない

小学校
1. アレルギー
2. 授業中、じっとしていない
3. 背中ぐにゃ
4. 視力が低い
5. すぐ「疲れた」という
6. 絶えず何かをいじっている
7. 平熱36度未満
7. 症状説明できない
9. 転んで手が出ない
10. 夜、眠れない

もあるという（男児に多く、男女比は3～5対1という）。

ＷＨＯ（世界保健機関）でも認定されているように日本に限った現象ではない。アメリカでは十代を含む子供の12％（およそ６００万人）がＡＤＨＤと診断され、とくに先進国では急増しているようである。

「注意散漫」「衝動性」がＡＤＨＤの特徴で、その結果落ちつきがなく動き回る（多動）。では、なぜそうなるのかというと、脳内のはたらきに問題があるからということが最近の研究でわかってきた。そして「身体を活発にうごかすこと」が最善の治療法ということも臨床的に実証されている。

この表のなかで「背中ぐにゃ」、「すぐ疲れたという」、「転んで手が出ない」といった項目も気になるが、表全体を見渡して言えることは、テレビゲームなどに夢中になって子供達の運動量が決定的に足りないということである。

ゲームやスマホ・インターネット（ＳＮＳ）依存は、今や世界的な社会問題にもなっている。しかしただ子供の手からテレビゲームを取りあげても根本的な解決にはならない。学童期の子供が夜遅くまでテレビゲームに夢中になって朝起きられないのは、ゲームがあまりにも刺激的で楽しいからだ。子供達が依存症になってしまう前に、テレビゲーム以上に楽しい「運動」「あそび」を幼児期のうちから与えることが大切である。

「今の遊具は楽しくないから遊ばないのや。楽しければ子供は夢中になって遊ぶ。その運動遊びのなかで脳が育っていく」

　安田先生は繰り返しそう言っていた。私はこの「白書」を読みながら、安田先生との出会いが絶妙なタイミングだったこと、そして安田式遊具の普及は私に与えられた天命だと、改めて思うのだった。

安田先生「信念の言葉」

　各章（1～7章）のトビラの絵は、安田先生が遊具を設計するときに画いたイラストである。これらの絵でわかるように、安田先生は子供たちの動作、年齢ごとの背丈の違い、群れて遊ぶときの一連の流れなどもイメージし、遊具の高さや幅や段差などを微妙に変えて設計されている。

　では、安田式遊具は、一般の公園遊具とどう違うのか。まずその特徴を簡単に説明し、この遊具を開発された安田先生の言葉を紹介する。

　安田式遊具の特徴は次の４点である。
①移動式………遊具は固定したものという概念をなくした。屋内外の場所を選ばない。
②抜群の安定感………可動式であるのに安定した遊具。耐久性の高い鉄（パイプ）の厚さや塗装。
③遊びたくなる設計………パイプの太さ、枠の幅や長さなどに工夫を凝らし、リスクに挑戦し克

服することにより、子供を夢中にさせる設計。子供の発育段階に応じた幾種類もの設計。
④鮮やかな原色……識別しやすい原色で、安全性の確保、活動の意欲を高めるなどの効果。

次に、安田先生の「信念の言葉」を紹介させていただく。新聞や雑誌、対談などの文章なので文体は統一されていないが、いくつかのポイントにわけて挙げてみる。この遊具が生み出された社会的背景とともに、安田先生の熱い思いなどもご理解いただけると思う。

①リスクがあるから楽しい
「遊具というのはね、放っておいても子供が楽しんで遊ぶものが遊具なんです。遊ぶ道具やからおもしろくなかったらいかん」

「子供がおもしろがる遊具はある程度危険なものです」

「少々の冒険とスリル。いつも遊んでいる子は平衡感覚と運動神経も発達して、めったにケガはしませんよ」

「遊びと勉強は矛盾しないし、楽しさは「楽（ラク）」をする事ではない。本当の遊びは困難に対して挑戦するものである。楽しいからこそ苦労もいとわず熱中するのであり、努力が大きい程満足感も得る自信も大きいのである。」

「学校関係者は事故の防止に汲々とするあまり、大切なことを切り捨てる傾向にある。子供を教育するとは、さまざまな能力を獲得させることであるはず。危険を遠ざけるのが安全ではありません。危険を認知し適切に対応する判断と処置能力を身につけることこそが安全なのです。第一、絶対に安全な遊具なんかでは子供は遊ばないものです」

②遊びは『楽しい事に熱中する』人類の本能

「何から何まで大人が行き届いた配慮をし過ぎて、かえって子供の野性の芽を摘み、たくましい心と体をつくり上げていく大切な時期に安全ばかりに重きを置いて、ひ弱な人間にしてしまっていると懸念しています」

「油断したり不適切な動作をしたりすれば高い場所から転落するのは当たり前で、遊具自体に責任はありません。落ちないように気をつければ済むことであり、そういう能力を身につけることこそが大切なのです」

「遊びは『楽しい事に熱中する』人類の本能である。自分のやり方で工夫し乍ら動作・行動して、やり遂げた満足感を得るものである。自らの発意で目標に向かい苦労と努力を積み重ねていく生涯の生き方を、夢中になって行う楽しい活動の中で自然に身につける重要な生活である。又大勢と一緒の場で共に力を合せて喜ぶ心や習慣も育つのである。然し近年の子供たちは此の大切さを無視して育てられている」

③運動と脳

「安全安心保護第一、乳児は厚着で手も足も全く動かせない。身体の各部はすべて脳の働きと連動しているから結果的に脳の発達は阻害されている」

「赤ん坊の時は自分で移動できないから、芋虫みたいなものやね。ハイハイする時は両生類から肥虫類。高バイで哺乳類になり、樹上生活に入り四足が指で握れる手足になったんです。それが猿です。さらに地上に降りて原野に暮らし始め、直立二足歩行が完成して原人になったわけです。原野で遊び回れる（原人遊び）までの十年間の子供の発達、発育は、四足動物から人間への高度な進化の過程を示しているといえるでしょう。

その間に脳もどんどん発達して、七、八歳で成人に近い大きさになります。そこで大事なのが運動なんですが、危ないからと保護ばかりしていたら、子供の成長の機会を奪うことになるんです。よく遊ぶ子供は遊具からほとんど落ちたりしません。怪我の件数が少なくなるのは統計が証

木登りは人類（子供）の本能

明してくれています」

④「まともな脳」「まともな人間」

「与えられた内容を記憶するとか行うだけ、あるいはおとなしく従順で争わないだけでは、正しく逞しい自主的で協力的な人間形成は望めない。夢中になって活動する生活の中で育った「まともな脳」を持つことでのみ、「まともな人間」は育つのである」

「学校教育では、記憶力以外の創造力や統率力、企画力、決断力などは試験されない。だが、実際は社会に出て物を言うのは、それらの能力なのです」

安田先生は、「まともな脳」を持つことでのみ、「まともな人間」に育つ、ということをよく私に話していた。その意味でも、安田式遊具というのは単なる遊具（ハード）ではなく、今の幼児教育の在り方を根本的に考えさせるツールでありメソッドなのである。

信頼性を第一にソフトの充実をはかる

安田先生が京都市内の小学校長時代（三校を歴任）から設計していた体育遊具は、私が出会ったときには市内の小学校全校に取り入れられていた。安田先生が現役の校長だった頃、先生が考案設計された遊具で遊ぶのが楽しいので子供が早く学校に行きたがるのを知った保護者が先生に会いに来て寄付をするようになり、安田先生考案の遊具が順々に広まっていった。先生退職後、京都市内の子供も外で遊ばなくなり体力低下を憂えた京都市の校長会の「安田先生の遊具を全小学校に設置すべき」という提案が通り、１９７９年（昭和五十四）から三カ年計画で市内全ての小学校に整備されたということである。

これほど素晴らしい体育遊具を「全国に普及しよう」と考える人がいてもよさそうなものだが、その先駆者は一人もいなかった。事業として展開するためには相当なエネルギーと情熱、さらに資金力も必要だ。簡単なことではないと誰しもが思うだろう。しかし「幻の遊具」を長年求めていた私は躊躇なく、これこそ天が与えてくれた使命だと思えたのだった。

私は安田先生と製造・販売権の契約を交わし、エールが安田式の遊具を販売した分の考案設計料（著作権料）を定期的に支払うということにした。つまりエールは安田式遊具の製造と販売を一手に行うメーカーになったわけだが、当時はよしかわ書房で赤字を出したりしていたことから資金的な余裕はなかった。それでも私は、世界のどこにもないオリジナルの教育用遊具のメーカーとなれた喜びが大きかった。近畿圏エリアを越えて全国へ打って出ることができると、大きな夢を膨らませたのである。

とはいえ、安田式遊具の知名度は京都府内の一部に限られていたし、道程は決して平たんなものではなかった。今は安田先生が設計した遊具の代表的なものを製品化し在庫として揃えているが、最初のころは園の注文を得てから信頼する業者に発注し、大きな遊具の場合は現場に職人さんを連れて行って組立設置の作業をしてもらったものだ。慣れない遠方への運搬なども若いスタッフたちが回数を重ねながら要領を得ていった。ペンキや溶接なども指定工場の方々の尽力もあって品質の改善・向上を重ねてこられたと自負している。

安田式遊具の製造において私がいちばんこだわったのは、何よりも強固なもので耐用年数の長いものでなくてはいけないということだった。安田先生が半世紀をかけて開発した遊

イラスト：たまいいずみ（安田式雲梯）

具の信頼性を守るためにも、鉄パイプの厚さを厚くして耐用年数の長いものとしたのである。

子供の体育遊具は、「人にやさしい」という理由から木製が良いという人や、さびにくいという理由でステンレス製が良いという人もいる。しかし安田先生は、「遊戯性の高い教育遊具」には鉄製が最適であると、その理由を明確に挙げている。

全身を使ってその楽しさに夢中になり、毎日飽きずに熱中できること。体力の強弱・意欲の大小・この身の違いなどに関わりなく、全ての子供が同時に遊べること。このほかにもいくつかの理由を挙げた上で、安定して設置でき（倒れる恐れがない）、常に美しく堅牢な構造の遊具を具現化するには鉄製が最適というのである。ステンレス製に比べて鉄パイプは子供の手にも優しくて握りやすく、「楽しく遊びたくなる」ように、塗装は原色でカラフルという安田式遊具の特徴も鉄製だから可能となる。

使用される屋内外の環境条件にもよるが、どんな環境でも塗装などのメンテナンスさえしっかりすれば何年も耐用年数がのびるものでなくてはいけない。それがメーカーとしての良心である。私は、とにかく強固な造りの信頼性を第一とした。

「あなたたちのお父さん、お母さんは、この安田式遊具で楽しく元気に遊んで大きくなったのよ」と、園で語り継がれることを願い。さらにその上で、安田式遊具のハードに対してソフトを充実させて、お客様とのつながりと信頼関係を強めていこうと考えたのである。

そのソフトは「安田メソッド」と呼ぶ指導法である。今の若い先生は、私たちの世代と違って子供時代の野性的な遊びそのものの経験が少ないので、リスクのある遊具と聞いただけで心配したりする。子供たちはそんなことはおかまいなく喜々として遊ぶのだが、この指導法（安田メソッド）があるから園の先生たちは安心感と自信をもって子供たちを指導できる。

若いスタッフたちは遊具の納品指導の回を重ねながら、移動式遊具ならではの活用方法や、子供達の活動意欲を高める指導のポイントなどを体得していった。スタッフが指導する目の前で、子供達が出来るようになり満面の笑顔をみせる様子に触れられることは、彼ら自身の喜びでもあった。子供・園長・現場の先生・保護者・エール、そして園児が入学する小学校……、安田式遊具は「三方よし」どころかそれに倍する波及効果を生み出している。

２０１８年（平成三〇）現在、安田式遊具を全国二千八百カ園以上の保育園・幼稚園・こども園にも納めている。またエールには若い指導員が十数人育っているが、体育遊具のメーカーで指導員のいるところは皆無といってもよいだろう。ソフトの充実がエールへの信頼を高め、最大の強みともなっている。

安田メソッドに関しては、（株）安田式体育遊び研究所によりインターネット学習サイト「がんばりまめ・ドットコム」で有料公開し、全国どこでも誰もが指導法について学べるようにしている。また一般社団法人「外あそび体育遊具協会」（２０１０年設立）でも、自園で体育遊びの指導ができる先生の養成講座を続け、８年間で延べ千人近い先生が受講した。さらに園の管理職を対象に「脳を鍛えるには運動しかない！　遊具遊びとその指導法」の講演会を開き、４年間で千八百人が受講している。

こうしたソフト面での充実が評価され、２０１３年（平成二十五）、「外あそび体育遊具協会」は公益財団法人として認定された。

悲願の「試遊館誕生」のいきさつ

「外あそび体育遊具協会」が公益財団法人となったその年（２０１３年）、エールの本社ビル内に試遊館が誕生した。２０１２年に開設した関東営業所にはすでに遊具の展示場はあったが、こちらは展示ではなく「遊びを試してもらう」体育館だ。

車を買うときは試乗をし、服を買うときには試着をする。体育遊具も「試遊」ができるようにしたいと常々思っていたが、創業十八年目に、その念願が実現できる物件が見つかったのだ。その場所はヨシカワ商事から十分、歴史の古い建部大社からすぐ近い国道沿いである。

この試遊館の誕生までには、紆余曲折があっただけに、オープンのとき私はひとり感無量の思いに浸っていた。

エール㈱はヨシカワ商事に間借りする形で設立した。エールの社員数がしだいに増えて手狭になった頃（２００８年）、移転先の物件を銀行に依頼していた。やがて見つけたのが大津市内の黒津にある某建設会社の二階建て中古ビルだった。価格も手ごろだったので不動産屋を通じて購入した。エール社員は間借りから脱出してのびのびと仕事をしていた。

そんなある日のこと。突然、市役所の建築課から5人ほど乗り込んできた。そして、事務的にこう言ったのだ。

「この建物は違法建築です。取り壊すか、移転するか。改善命令書を置いていきますから期限までに提出してください」

寝耳に水とはこのことだ。

売主の社長に面談を求めたが居留守なのか会おうとせず、対応した奥さんが「そんなこと初めて知りました」と一点張り。次に、不動産屋を訊ねたが、「主人はガンで入院しています」と、これも奥さんの回答。入院先にまで行くわけにいかない。絶体絶命のピンチだったが、とりあえず役所には一年間の猶予を頼んで善後策を考えた。

ある日、もう建物を売って移転するしかないと思いながら車を走らせていると、「売り物件」の看板が目に飛び込んできた。電話番号をひかえて、すぐに連絡を入れた。

敷地面積、二階建ての建物面積も共に６００坪で、価格は2億5千万円。

十年先にこの物件に出会っていれば買えたかもしれないが、現状のエールの売上では無理と、いったん諦めた。しかし、すぐに考え直してみた。

「仮に銀行が2億円を融資してくれて、返済を住宅ローン並に30年返済ならば、何とかなるかも……」

当たってくだけろだ！　まず不動産屋と交渉し、2千万円の値下げを了承してもらった。そこで、なんとかなるだろうと契約話をすすめた。根拠のない自信だったが、それから不思議なことが続いたのである。

救いの不思議その1、2

不思議その1。年に数回会って食事を共にするリフォーム会社の社長から電話があった。昼食をとりながら近況を話していると、彼の口から占い師の話が出た。彼は会社経営がおかしくなった時や、思わぬトラブルに見舞われたとき、その占い師に相談し危機を脱した、という話は以前にも聞いていた。

「いまでも、その占い師さんとの付き合いはあるの？」と尋ねると、

「もちろん‼　今でも本当に助けてもらっている」という。

私は普段、占いに頼ることなどはないが、四面楚歌の状態のこの時ばかりは、占い判断を聞いてみたかった。彼は占い師と明日会うということだったので、それではぜひ占ってもらいたいことがあると、彼に事の経過を話した。

翌日、60歳代と思われる女性の占い師さんに会って、「物件を買うべきかどうか」を判じてもらったところ、

「すぐ買いなさい」とのお告げだった。

「そう言われても……、2億3千万円もするのですが」

「お金のことは何とでもなります」と再びお告げ。

よし！ あとは銀行の融資次第だと、妙に元気がわいてきた。

それから2日後、占い師さんから電話があった。

「先日は、物件を買いなさいと言ったものの、あまりに高い物件なので昨日現地まで見に行ってきました。中には入れないので外から建物を見ていたら、1億8千万円、1億8千万円と聞えてくる。だから不動産屋と交渉すればその値段で買えますよ」

なんと！ さらに5千万円安く買えるのか。私にしたら、お告げは願ってもないことだから、信じ切ることにした。そしてその勢いで不動産屋に電話して、まず「1億5千万円」の値を提示して、何度も交渉を続けたところ、お告げどおり「1億8千万円」の値で妥協点となった。強気

で攻められたのは、占いを信じ切れたからだろう。

不思議その2。

次は銀行との交渉だ。地方の中小企業が2億円の融資を受けるとなると支店長決済では難しく、頭取が私に会いに来るという。これほど高額融資を受けるのは初めてのことだし、私はあまり数字に強くないので、なるべく本題に入る前に「結論」を導きだそうと考えた。コーヒーの話で場を盛り上げる作戦である。

私はコーヒー好きが高じたのと環境問題の関心から、数年前に、「一杯のコーヒーから地球が見える」というNPO法人から、コーヒーインストラクターの資格を取得していた。これで茶道のような「おもてなし」を出来ると思ったからだ。

頭取と会う前に、なぜか不思議と「成功」の結果が見えていたが、コーヒーのおもてなしがまた私を救ってくれたのだった。

仕事への「こだわり」をコーヒーで演出

銀行頭取の訪問時間の十分前からコーヒーの生豆を焙りはじめる。室内に良い香りが充満するころに玄関のチャイムが鳴る。お客様はドアを開け、室内に入りながら、「いい香りですね！」

と決まって言う。

「今、生豆を焙っています。もう少しかかりますので、お座りになってお待ちください」

そして、ここから、なぜ私がコーヒーにこだわったのか話をしていく。なぜなら、このことが、私の仕事に対するこだわりに結びつくからだ。

「ご飯は炊きたて、パンは焼きたてが一番です。おいしくて栄養価も高い。これは誰もが知っている、当たり前のことです。ご飯は稲のタネを水で炊いたもの、パンは麦の種を粉にして焼いたものです。ではコーヒーは、何の種を焙煎したものですか？」と尋ねます。まず、答えられる人はほとんどいない。

そこで、コーヒーチェリーという果物の種ですと生豆を見せながら、

「いま焙煎しているのはブルーマウンテンの最高級品、ウォーレンフォードNo.1、キログラム2万円します」と、さらりと説明（そこで驚きと期待がふくらむ）。

焙煎後少し冷まし、ミルしてドリップする。このドリップにしても、自分でしたことのある人は驚く。豆が新鮮なため、紙フィルターの下のほうに豆が陥没しないからだ。

「コーヒーの賞味期限は生豆を焙煎後、豆で7日、粉で3日、ドリップして30分。栄養学から見てそれが正しい賞味期限です」

そう言いながら、コーヒーをお出しする。飲まれた瞬間、その喉越しの良さに驚かれ、初めて

飲む本物のコーヒーを知り、国内で売っているコーヒーの99％近くは、酸化酸敗したコーヒーである〝事実〟を知ることになる。

話がはずんでくると、次は牛乳の話に移る。

「牛乳は飲まれますか？」「何のために飲まれますか？」

だいたい健康の為、という返事が返ってくる。

「牛乳にはカルシウムが多い、骨粗鬆症の予防にと言われていますが、実は牛乳をたくさん飲んでいる欧米諸国に骨粗鬆症が多いんですよ。乳がんや前立腺がんの多いアメリカが牛乳消費量も圧倒的に多い。カルシウム源として牛乳は不適切ですし、日本人には牛乳を消化できる酵素が少ないから下痢する人も多い。また牛乳の脂質は心筋梗塞、脳卒中、ガンのリスクを高める……」などといったことを伝えていく。

「そういうことですから、私は子供たちを守るためにホンモノを追求し続けているのです」と締めくくった。すると、時折頷きながら真剣に聞いていた頭取は、威厳を見せておもむろに言った。

「吉川社長、よく判りました。融資させていただきます。任せてください」

2億円の融資が決まった瞬間である。低金利で30年の長期返済（通常長くて10年）というのも私の要望どおりだった。むろんエールの実績や将来性を見込まれた上での融資としても、コーヒーの趣味が功を奏したに違いないと、私は思うのだ。つまり、仕事への情熱や取組姿勢を、コーヒーのおもてなしで頭取に伝えることができたのである。

銀行は「雨降りには傘貸さず、天気のときに傘を貸し」とよく言われる。だから中小零細企業の経営者は「銀行嫌い」がほとんどなのだが、銀行も誠心誠意のおもてなし次第では味方になってくれるものだ。

公益性のある事業として認定

物流倉庫だった二階建てのその建物は、一階の天井が高く仕切りの壁もないので、安田式遊具を一堂に揃えるのには打ってつけだった。建物の鉄筋構造までいじらなくてよかったのでリフォーム費用は一千万円程で済んだ。

二階はエントランスが広いので、私の長年の心友の画家ブライアン・ウィリアムズさんに頼んで、作品10点を展示ギャラリーとし来場者の目を楽しませている。「曲面絵画」という世界初の画法を取り入れた画家として有名なブライアンさんは、幼児教育のため「芸育」を提唱しており、私と同行した幼稚園や保育園で何度かその指導をしてもらった。

二階は40～50畳以上のスペースも2部屋ある。マット運動やなわとび、けん玉遊び、カプラブロックのワークショップ会場として使用し、もう一つの部屋では安田式体育遊び集中講座やステップアップ研修の会場としてフルに活用している。春と秋の遠足時期になると、園児たちを乗せた大型バスが何台も訪れ、試遊館の天井いっぱいに子供たちの声が響いている。

試遊館ができる前は、安田式遊具の購入を検討している園の先生方を、すでに導入している最寄りの園にお連れして、実際の様子を見学させてもらいながら遊具の説明をしていた。そこまでしなくても園長同士のつながりで紹介注文をいただくことも多かったが、やはり安田式遊具の全体像を示すために「試遊館」の建設はぜひとも実現しなくてはいけない課題だったのだ。

試遊館ができる3年前（2010年）には、「外あそび体育遊具協会」を一般社団法人にしていたが、親しい外部協力者（会計士）のアドバイスがあって、2013年には内閣府から公益財団法人の認定を受けた。

公益財団法人と言えば、その名のとおり「公益」を目的とした財団であり、その事業として認められているのは、「学術、技芸、慈善その他の公益に関する事業であって、不特定かつ多数の者の利益の増進に寄与するものをいう」と規定されている。

安田式遊具と安田メソッドを世に広めていくことは、「公益」に値することには違いない。ただ、エールは収益事業としてやってきたので、はたしてこの財団の認定を受けられるのか疑問だった。ところが、その協力者は「公益性は十分あるし、いけますよ」とあっさり言う。

もとより安田先生はビジネスとして遊具を開発したわけではなく、あくまでも教育者の信念から作り上げた。その意味で最初から「公益目的」だった。ただ、いくら優れたものでもビジネス（商人）による推進力が加わらないと市場に普及していかないのだ。その点は安田先生も十分理解されており、

「吉川社長と出会えなかったら、わしの遊具も終わっていたなぁ」と、何度となく言われていた。

試遊館がオープンした頃、安田式遊具を導入した全国の園は千五百カ園以上に達していたが（現在は二千八百カ園以上）、全国の保育所・幼稚園の数からすればまだ数パーセントしか普及していない。私はいずれ公益財団法人の認定を受けて、少しでも社会還元したいと思っていたし、安田先生のためにもそうしようと考えていた。

その時期はまだ早いと思っていたのだが、安田先生のお年（93歳）のこともあり、協力者があまりにも熱心に勧めてくれたので、認定を得られるかどうかはともかく申請だけでもしてみることにした。

「18の公益認定基準」に基づく厳しい審査があったが、

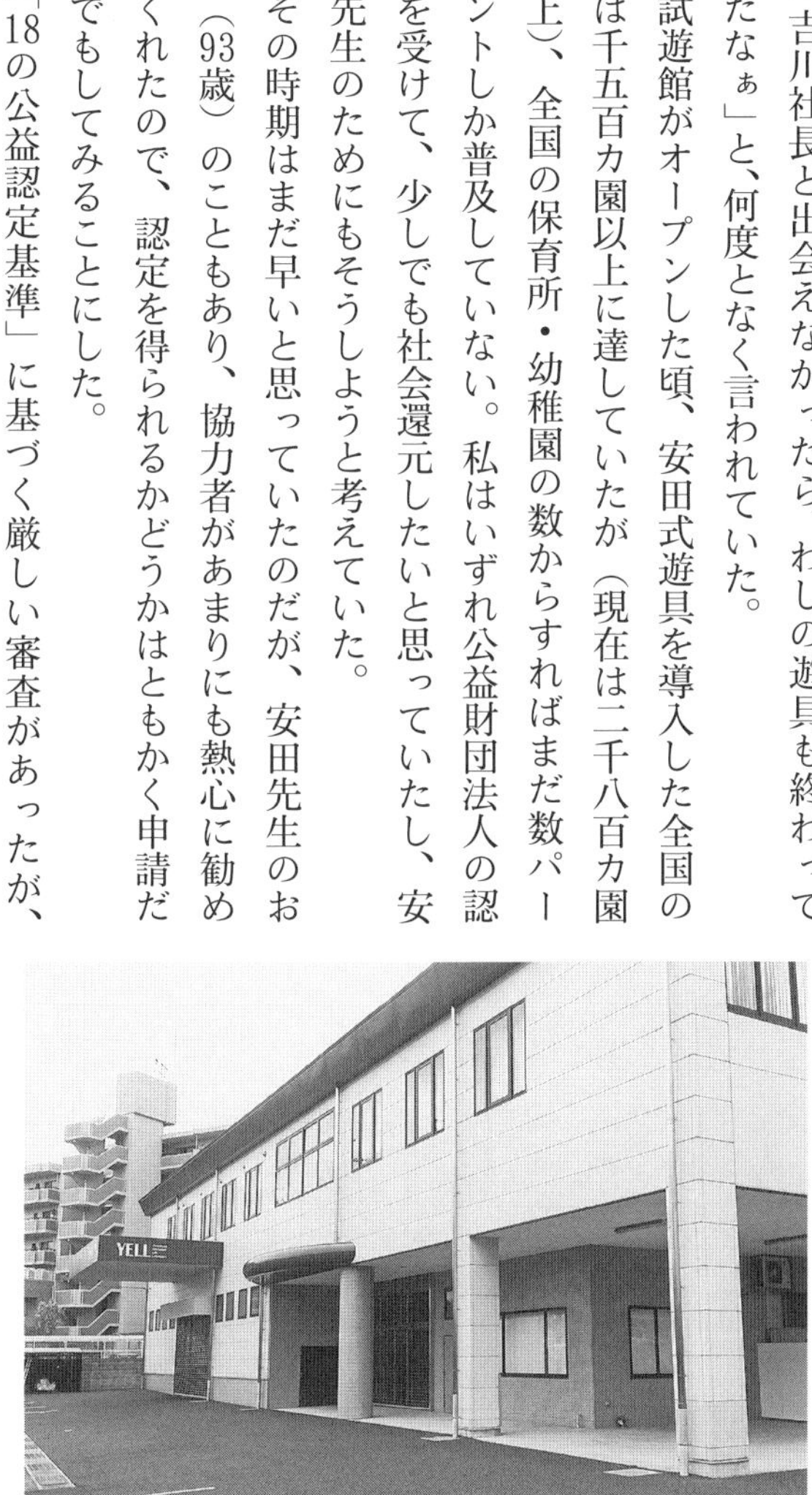

ＹＥＬＬ（エール株式会社）

意外にもすんなりと認定を受けたのだった。安田先生が大喜びされたことは言うまでもない。私はこれで一つの御恩返しができたと思った。

『輝け！命』と著作権取得

２０１５年（平成二十七）、エール創業二十年を記念するとともに、安田祐治先生96歳の誕生を祝って、『輝け！命』を発行した。

安田式遊具を導入した全国の保育園・幼稚園の理事長、園長に原稿執筆をお願いしたところ、56名の先生方から熱いメッセージが寄せられた。安田式遊具のおかげで子供たちがいかに変わったかということや、遊具を開発した安田先生への感謝の思いがこめられている。予定したページを大幅に超え、Ａ４判１７２ページの記念誌となった。

本書にはマンガ「安田式遊具誕生物語」（約50ページ）も載せている。「安田式遊具を端的に表現するにはマンガがわかりやすい」というエール社内の若手の声が多かったので、シナリオはエールで用意して、漫画家の河村万里さんに作画をお願いした。

その出来上がりを見て、私は大いに感銘し、納得もした。というのも、安田式遊具はその現場で遊ぶ子供たちを見たらいっぺんに納得し、感動もしてくれるのだが、言葉の説明だけではなかなかイメージできず、理解してもらえないからだ。その点、マンガはわずか50ページほどで全体像を視覚から訴える力がある。安田先生の思い、遊具が生まれた社会的背景や現代社会の問題、遊具の特徴、子供の喜ぶ姿、さらには私がこの遊具になぜ惚れたのか、といったことなどを、あますことなく伝えている。

しかしやはり何といっても、現場の様子を見てもらうのがいちばん早い。子供たちが安田式遊具で楽しく遊ぶ様子を初めて見た人は、「すごい！」と感動してくれるからだ。理屈ではなく、感動の力が人を動かす。

2017年10月、安田式遊具と指導法（安田メソッド）の著作権がアメリカで取得できた。まさか体育遊具にこんな著作権が取れるとは私は思ってもみなかった。これも不思議なご縁のおかげだった。

私の友人の日景氏が、あるシステムの特許申請を6年間し続けても認定されずにいたが、東京にある

『輝け！　命』138～139ページ

特許事務所に依頼したところ半年で特許が取れてしまった。そのお礼にと上京した折に、「私を応援してくれるエールの社長が出した本です」と言って、その特許事務所の所長に『輝け！命』を渡したのだという。その話を日景氏から聞いたとき、私は、あの本を部外者が読んでくれるだろうか、という程度にしか思っていなかった。ところがである。所長のSさんから、ある日突然、電話がかかってきたのだ。

「あの本を読ませてもらい感動しました」と第一声のあと、安田式遊具とメソッドの著作権を取ることで、価値ある知財を守ることが大切だと熱弁されたのである。

私としては、あまりに巧い話なので、とりあえず日景氏に相談してみた。すると日景氏は、「S所長さんが奨めてくれたのなら、ぜひとも申請したらいい。必ずいけますよ」と強く勧めてくれた。そこまで言われたら上京しないわけにはいかない。

仕事柄世界に目を向けているS所長の話ぶりは熱く、私たちは会った瞬間に意気投合した。幼児教育で日本を変えたい、元気にしたいという私の情熱に深く共感してくださったのが何よりも嬉しかった。安田式遊具は世界に誇れるものだと、私は心底思っている。ただし国外への販売などはまだ先のことだと考えていた。それだけにS所長とのご縁は突然の展開ではあったが、私にとって願ってもないことだった。

S所長の指導のもとでつくった申請書類は英訳され、遊具誕生のいきさつから理念、これまでの実績などのほか、安田メソッドのことや写真や設計図なども一式そろえ、相当分厚いものとなった。

アメリカの特許管理事務所に申請してから一年ほどたち、半ば諦めかけたころだった。九月初旬に申請が認可されたと連絡が入った。

私はもちろんのことエール全社で喜んだが、イの一番にこの報告をするべき人はもうこの世にいなかった。安田先生は百歳までは生きると言われていたが、6月23日、永眠された。享年98歳だった。

安田先生への感謝と顕彰

『輝け！命』のなかには、「まるで仙人のような」と言われた安田先生の魅力を伝える文章も多かった。その中から、私の心友である画家ブライアンの文章の一部を抜粋させていただく。

子供の心を失わない、生き方の大先生

『「目が生きている」それがまず最初の印象。加えてクリアーな笑い顔。固い口元の人が多い時代に、珍しく笑いながら人生を歩んでいる人。白いひげ、光っている目、笑い顔!!!　安田先生はまるで仙人みたいな人。吉川社長に太秦の先生のご自宅に連れて行ってもらい紹介された時の強烈な第一印象であった。

最初から、普通の人ではないと感じていたが、付き合っていくほど、どれほどすごい人であるか益々見えて来た。大人でありながら、子供の心も失われていない（これは難しい事）。何にでも興味しんしん（とっても大事な事）。それが出来る人の人生に退屈はない。良いですねえ！　先生の常に明るい性格の秘密は身体作りからであると思う。この点でも、生き方の大先生である。何歳になっても、どんな病気を抱えても、「筋トレ」を絶対し続ける。そのおかげで、明るく、楽しく95歳にも達しておられる。それと、その体育教育は大きな社会の貢献にも繋がってきている。

教育は頭だけではない！　と言う事が彼の体育教育の神髄で、貴重なライフレッスンになっている。身体にも教育しなければならない。先生の高齢でありながら明るい性格に接して、又一方、安田式遊具できゃっきゃっ歓声を挙げながら素晴らしい技を見せてくれている幼児に面し

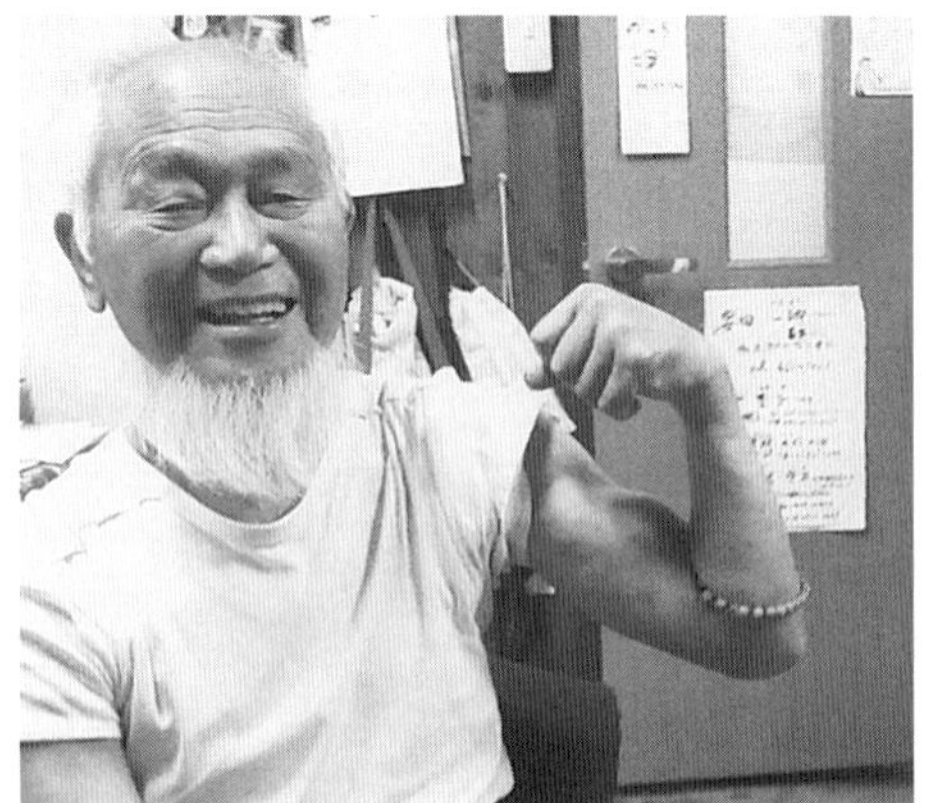

筋トレで鍛えた安田先生の力こぶ

て、身体への教育がどれだけ大事であるか理解できる。安田先生のこのところが僕にとって一番感動するのである。』（大津市　画家ブライアン・ウイリアムズ）

「先生の常に明るい性格の秘密は身体作りからであると思う」とブライアンが書いているように、私は安田先生が重病に陥ったときでも日々の修練で立ち直った様子をこの目で見ている。

80歳を過ぎてから最愛の奥様を亡くされたあと、突然「重症筋無力症」を患われたときでも、枕元にダンベルを置き、毎日筋トレを欠かさずされていた。私は、あばら骨が見えるほどやせ細った先生が、淡々と運動する姿を横目にみて思わず涙した。その努力の甲斐あって筋肉もつき、お元気になられたので、私は米寿の祝いをこめて、熊本大学の坂下玲子先生を誘って三人で、オーストリアで開かれた第13回世界体操祭（２００７年）に参加した。安田先生はこの世界体操祭には何度か行かれているが、久しぶりに行ってみたいと希望されていたからだ。私にとっては親孝行の気持ちでもあった。

6月25日に営まれた安田先生のご葬儀は、親族の希望

第13回世界体操祭（オーストリア）

により密葬でおこなわれた。出席者は親族のほかごくわずかだった。そこで私は密葬のあと、『安田先生お別れの会』を是非開かせていただきたいと、ご遺族に申し出た。

9月16日、京都グランビアホテルで「お別れ会」を開くことになった。私は実行委員長をさせていただくことになったが、土田謹一氏（京都市学校園体育関係教職員団体　代表）をはじめ多くの先生方から、案内状の名簿づくりから当日の受付など多大なご協力をいただいた。

皆さんのご尽力のおかげで、来賓の門川京都市長が弔事を述べられ、安田先生の同僚・仲間・後輩たちのほか、小学校の教え子やそのＰＴＡ関係者まで全国津々浦々から二百名ほどが参列された。70年前の昔のことを昨日のことのように語るご年配の方もおられ、会場のあちらこちらで思い出話に花が咲き、にぎやかで温かい会となった。京都府教育界の関係者ばかりでなく、教え子やＰＴＡまでの幅広い出席者の顔ぶれからも安田先生の遺徳と功績が偲ばれた。ご参列いただいた皆様には、ここに改めて感謝申しあげたい。

振り返ってみれば、安田先生が75歳、私が50歳のときに出会いがあった。先生とのお付き合いは約23年だが、来年は私も75歳になる。安田先生の98歳まで生きられるかどうかわからないが、生きている限り安田先生への御恩返しはしていかなくてはいけないと思っている。

その思いから、安田先生への顕彰として私の二冊目の本を来春早々には発行する。

前章でも述べたが、仮のタイトルは『これからの教育は脳を育てる体育遊びから』。三つ子の魂百までというように、幼児教育は人づくりの土台であり、ひいては未来の国づくりの基でもある。その意味でも幼児教育関係者だけでなく、幅広い年齢層に読んでいただけたら大変嬉しく思う。

安田先生

三つ子の魂・花ひらく

私たちの人生の目的は
現在、そして未来の世代の人々のために
新たな貢献をすることである

バックミンスター・フラー

亡き父と安田先生に捧げたい

食養や環境をテーマに長年取り組んできた私が、時折溜息まじりに思うことは「洗脳」という言葉である。

たとえば、石けん一つについてもそうである。これまで大勢の人たちが、「界面活性剤・蛍光増白剤入りの化学洗剤は環境汚染につながり、健康のためにもよくないので自然系の石けんを使いましょう」と言ってきた。私もその一人だが、相変わらず化学洗剤を使う人は圧倒的に多いだろう。繰り返し繰り返し流されるテレビコマーシャルの多いことでも想像できる。

企業が販売戦略に基づいて自社製品を懸命に売ろうとするのは当たり前のことなのだが、あまりにも軽薄で嘘っぽいコマーシャルが多すぎる。それでも買う人が大勢いるからその企業は成り立っている。つまり、大衆の欲望を刺激してなおかつ洗脳できるのが、優れたコマーシャルということになる。

アメリカより二、三十年遅れて、日本が「大衆消費社会」へと急速に変化したのは、一九五〇年代後半から一九七〇年代頃までの間と言われている。ということは私が６歳から30歳代の間ということになる。

確かに、「消費は美徳」とも言われたこの時代は、三種の神器をはじめマイカーなどを買うことが、いわゆる中産階級の仲間入りすることだった。経済的利益ばかり追い求めてモーレツに働く日本人を、国際社会では「エコノミック・アニマル」と皮肉った。それでも高度経済成長の波にも乗り、ついにGNPがドイツを抜いて世界第二位になった（1968年）ことを日本国民は誇らしく思ったのだった。そして一九八〇年代はバブル景気（1986年12月から91年2月）に浮かれた。その崩壊後は長い沈滞期間が続き、「失われた十年、二十年」などと言われた。

日本がまだバブル景気に浮かれている間に、ベルリンの壁が崩壊（1989年11月9日）、翌年には東西ドイツが統一された。さらにその翌年（1991年12月）にはソビエト連邦が解体されたことで、第二次大戦後のいわゆる冷戦構造が大転換した。

私は政治的活動には一切関わらずむしろ遠ざけてきたが、戦後日本の歴史認識というものがしだいに揺らいできたのはこの頃だったと思う。

「あの戦争はアジアを侵略した日本が悪い。だから気の毒だが、戦死したのは自業自得なんだ」

小学生のときに担任教師から言われたこの言葉が、頭からずっと離れず、罪悪感にもとらわれていた。

だが、母親を連れて父が戦死したグアムの墓参に行ったり、鹿児島の知覧特攻平和会館などを訪ねたり、靖国神社に何度か参拝したりするうちに、揺らいでいた私の思いはしだいに静まっていった。そして戦没者への慰霊の旅を重ねるうちに、父のことを誇りに思えるようになった。つまり歴史の事実を知るにつれて、戦後の歴史教育からようやく解放されたのである。

思い返してみると、その時期はちょうど安田先生と出会った頃だった。エールにとって生みの親ともいえる安田先生は父より２歳年下だが、私にとっては父との再会だったのかもしれないと思うこともある。そういう意味でも、本書が上梓したときには真っ先に亡き父と安田先生に捧げたい。

慰霊の墓参では般若心経を唱えることが多い。吉川家は浄土宗の檀家だが、「般若心経」を空で唱えられるようにと思い、私は時折、車を運転しながらもそのＣＤを流し聞いている。

人としての生き方「五省」

日本海軍には有名な「五省」という訓戒がある。

一．至誠に悖（もと）るなかりしか（誠実さを欠くことはなかったか）
一．言行に恥づるなかりしか（言葉や行動に恥じることはなかったか）
一．気力に缺（か）くるなかりしか（気力は十分であったか）
一．努力に憾（うら）みなかりしか（最善の努力をつくしたか）

一・不精に亘(わた)るなかりしか(怠けることはなかったか)

一つ一つの言葉が端的で意味深く、人としての在り方を示している。清冽な人生の在り方と言ってもいい。

東郷平八郎はこの「五省」をいつも心の片隅に置いて自分に問いかけ、部下たちと接していたと伝えられている。旧日本軍の訓戒というだけで敬遠する人もいると聞くが、少なくとも私の知る経営者やゴルフ仲間のなかに、そういう人はいない。

しかし恥ずかしながら、東郷平八郎が尊敬されているフィンランドに初めて行ったときも、私はこの「五省」を知らなかった。初めて知ったのは、安田祐治先生と共に筑波大学の板垣先生のご自宅を訪ねたときだった。

台所近くの壁に「五省」が掲げてあったのでお聞きしたところ、このように説明された。

「戦前、広島県江田島に海軍兵学校がありました。兵学校を落ちた者が一高(東大)に行くと言われたほど高い学力がないと入学できなかった。何しろイギリスのダートマス、アメリカのアナポリスと並んで世界三大兵学校と称される、まさに世界最高の教育機関でした。そこで用いられた五つの訓戒がこの五省です。今も毎朝唱えてから一日が始まります」

海軍の軍人であった私の父も五省を唱えていたのかと思うと親近感も覚え、早速、五省を額に入れて社長室の壁にかけ、毎日自分自身に問いかけている。

西大和学園の松本先生に誘われて江田島の海上自衛隊幹部候補生学校（元海軍兵学校）の卒業式に参列したのは5年前（２０１３年）のことである。「五省」の伝統はいまでも学生たちに継承されていることを聞き、胸が熱くなるとともに嬉しくなった。

いまや五省は、般若心経とともに私の心を支える経文に近い言葉となっている。

立派な日本人・八田與一

鹿児島県にある「知覧特攻平和会館」を私は三度訪ねている。そのたびに、特攻兵士が残していった手紙や手記を見るが、涙なくして読めない。

「後のことはよろしくたのむ。立派な子に育ててほしい」

「将来のお国のために、子供たちを立派に育ててくれ」

幼い子を残した兵士は、短いメモ書きのような手紙を妻に残している。南方で戦死した私の父も母に残したのは短いメモだったらしい。

終戦記念日には全国各地で戦没者の慰霊が行われ、自治体の長や来賓者は、「尊い英霊の皆様の犠牲の上に、今日の日本の繁栄がある」と型通りの挨拶をする。昭和の高度経済成長期、日本はエコノミック・アニマルと皮肉られたりしたが、アジア諸国には戦前の立派な日本人をいまだに尊敬する地元民が大勢いることも事実である。台湾で最も尊敬され、地元民に銅像まで建てられた八田與一もその一人である。

土木技師だった八田與一は、日本統治時代の台湾で大貯水池・烏山頭ダムの建設を指揮し、嘉南平野一帯に総延長1万6千キロメートルにおよぶ水路を細かくはりめぐらした。１９２０年（大正九）からおよそ10年かけたこの灌漑・水利事業により、常に旱魃の危険にさらされていた嘉南平野の農民たちを救うことになった。

この偉大な業績が評価され、烏山頭ダムは公園として整備され、八田の銅像が建てられている。八田の命日の5月8日には慰霊祭が毎年行われており、中学生向け教科書『認識台湾　歴史篇』に八田の業績が詳しく紹介されている。当時東南アジア最大のダムと言われた烏山頭ダム（その後、フーバーダムが完成するまで世界最大）は現在も台湾の広大な水田をうるおし感謝されている。

ところが悲しいかな、日本では教えられていないから、ほとんどの人が知らない。実は私もその一人だったのだが、親しい友人から八田與一の話を聞いて感動し、平成25年6月に「台湾歴史探訪の旅」に参加した。松下政経塾の一期生で、当時は「在野の政治家」として活動されていた小野晋也さんが団長だった。これまでゴルフや観光で何度も台湾を訪れていながら台湾の歴史を知らなかったことを痛感させられた。

今年（２０１８年）７月、『台湾を愛した日本人　土木技師八田與一の生涯』（創風社出版）の著者・古川勝三氏が現地ガイドをされると、「失敗学会」の岡田敏明さんから聞いたので、私は友人・知人十人ほど誘って台湾ツアーに参加した。

工業系の経営コンサルタントで愛媛大学講師でもある岡田さんは、仕事の関係で何度も台湾を訪れており、現地ガイド兼コーディネイト役を買って出ていた。なにしろ今年は世界的・歴史的な酷暑で、台湾も暑い最中だったからガイド役の岡田さんは大変だったと思う。

偉人の銅像といえば通常、丈高い石の上に見上げるように造られている。ところが、八田與一の銅像は写真でご覧のように、作業服を着て地面に腰を下ろし、右額に手を置き何事か考えにふける表情である。地元民から銅像を造らせてほしいと言われたとき、八田は一度は断ったが、あまり熱心に言われるので仕方なしに承諾し、銅像の台座は造らず、地面に置くことを条件にしたという。

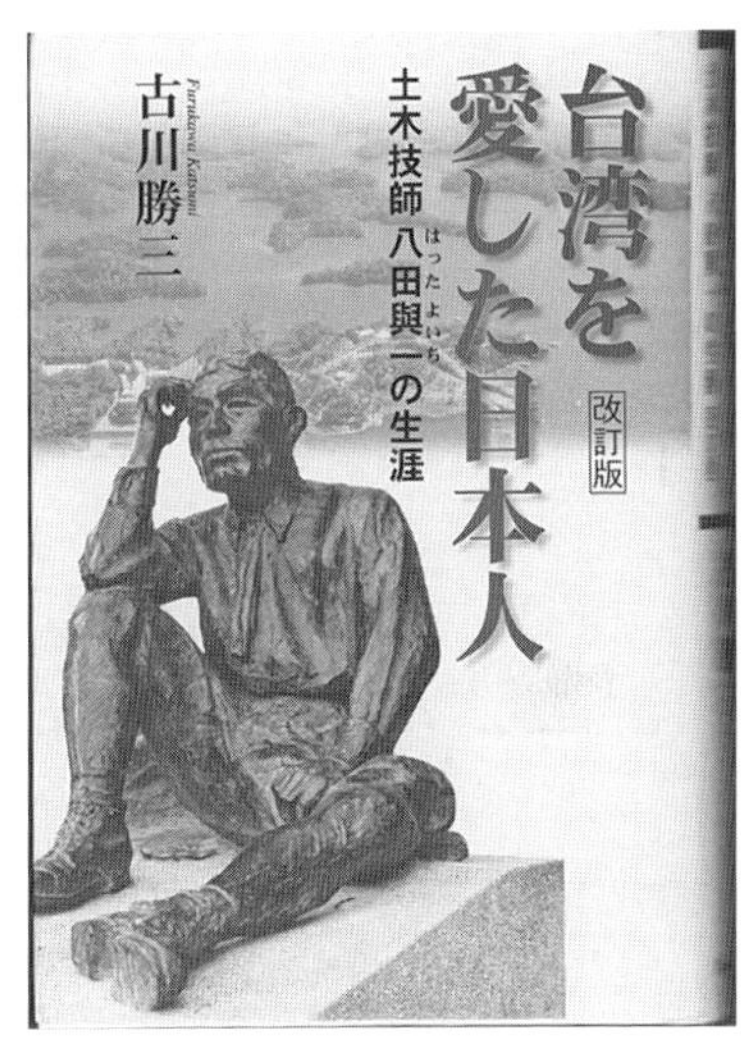

古川勝三著（創風社出版）

銅像のエピソードからも窺えるように、おそらく八田與一は土木技師のプロとしての本分を尽くしただけだと思っていただろう。八田は、日頃からそういう謙虚な姿勢で臨んだ「立派な日本人」として地元民に尊敬されたからこそ、いつまでも愛され、顕彰されたのだと思う。

昨年（２０１７年）、この銅像の首が何者かに切断されたニュースが流れたが、台湾政府は命日までに修復された。台湾に限らずアジアの国々には、立派な日本人に感謝している人々が多いことを私達は知る必要がある。

台湾最後の日の夜、美味しい台湾料理に舌鼓を打ちながら、参加者それぞれが感想を述べることになった。初めての人は一様に感動の声を挙げていたが、アメリカ留学から帰ったばかりという若い女性は、「今回の旅ではいろいろな意味で目からウロコが落ちました。日本と日本人がさらに好きにな

八田與一　台湾ツアー2018年夏

り誇らしくなりました。参加して本当によかったです」と目に涙をうかべながら語っていた。

「三つ子の魂・花ひらく」応援団として

戦後まもなく日本を断罪した東京裁判は、国際法学者の間では違法な裁判であったという見方が定着している。連合国最高司令官マッカーサーは、１９５１年に「東京裁判は誤りだった」とトルーマン大統領に伝えていたこともわかっている。

八田與一のような立派な日本人が多かったことも忘れられていたが、近年、外交文書などが公開され、歴史の見直しの機運がようやく高まってきたのは喜ばしいことである。

とはいえ多様な価値観のある現代、「歴史教育」というのはその伝え方がむずかしい。2歳、3歳の幼児教育のなかではなおさらだが、「この子たちを立派な日本人に育てたい」という親や先生方の思いは、三つ子の魂に通じるのではないだろうか。

昔から言われ続けている「三つ子の魂百まで」という諺の真理やその意味については、ことさらに言うまでもないだろう。乳幼児期に愛情いっぱいに育てられた子供は情緒的に安定し脳の発育も健全に伸びるが、不幸にしてそうではなかった子供は問題児になりやすいということは、科学的な統計に示されなくても納得される。

テテなし子だった私は、子供のころにいじめにあったが、幸いにも母親の愛情をはじめ親類縁者の温かい見守りのおかげで、グレなくてすんだ。「日本に生まれてよかった」と心底思い、父母や周りの人たちに感謝している。

いじめというのはいつの時代にもある。私が子供のころはガキ大将というのがいて、小さい子供がいじめにあっているのを見ると、その悪ガキが正義の鞍馬天狗のように飛んでいって助けたものである。また大人たちは、他人の子供でも悪さをすれば遠慮なく叱ったが、最近では余計なことには関わりたくないということで、見て見ぬふりをする風潮が蔓延しているように思う。そういう風潮が学校の現場でも広がり、いじめの発見が遅れたりする一因ではないだろうか。

幼児期に愛情いっぱいに育てるのはよいが、愛情を砂糖のような「甘やかし」と思い違いする親もなかにはい

曲面絵画：神々の宿るヒマラヤ　ブライアン・ウィリアムズ作
がんばりまめの杜・試遊館に展示（7×3mの大作）

るだろう。そういう幼児をたくさん預かった園の先生方は大変な目にあわれているが、幼児教育の応援団としてそうした相談にも対応できるように、社員の能力アップのための社内研修に力を注いでいる。とくに安田式遊具とそのメソッドの普及にあたるエールは、今後ますます応援団としての役割が増していくと思っている。

とにかく私達の役割は、三つ子の魂が健やかに育ち、花開くことを応援していくことにある。いじめにあってもへこたれない強い子供、「まともな人間」に育ってほしい、と――。

自分の脳と体のリーダーたれ

今年（２０１８年）のノーベル医学・生理学賞に輝いた本庶佑（ほんじょたすく）先生の言葉が、新聞記事（産経　10月２日）に紹介されていた。

「教科書に書いてあることが正しいと思ったら、それでおしまいだ。教科書は嘘だと思う人は見込みがある。丸暗記して、良い答案を書こうと思う人は学者には向かない。『こんなことが書いてあるけど、おかしい』という学生は見込みがある。疑って、自分の頭で考えて納得できるかどうかが大切だ」

本庶佑先生は、「科学者を目指す若い人」に贈る言葉として言ったということだが、科学者だけに限ったことではなく、どんな学問であれ仕事であれ、真理を求める人にとっては必要な心構えである。

自分の頭（脳）で考え、自分で判断して自主的に行動せよ。企業社会でもよくそういうことが言われ、求められるけれど、人間というのはとかく世間的な常識や先入観にとらわれて判断を誤ったりするものだ。

それは、自分の脳で考えているつもりでも、脳に使われる使用人になっているからだと、ディーパック・チョプラは『スーパーブレイン』（保育社）のなかで書いている。

「あなたは、あなたの脳のリーダーであり、発明家であり、教師であり、使用者である必要がある」と言い、常にそういう意識と覚悟をもって生きるヒントとして、次のようなことを挙げている。

- 周りに染まらないこと
- 自分を尊重すること
- 過去を悔やまず、未来を怖れないこと
- 自分の核となる信念について自問すること
- 「私を」「私の」という自我から生まれる要求を減らすこと
- 脳の進化に終わりはないこと（内面の成長に終わりはない）

これらのヒントは、本庶佑先生が語った言葉とほぼ合致するのではないだろうか。そしてまた、安田先生が繰り返し言っていた「まともな脳」「まともな人間」の在り方というのも同じだろうと思う。

脳と体は不離一体のものである。心身ともに健康な体であってこそ、脳はまともに機能するし、体もうまく動かせる。そして、「自分の頭で考えて納得できるかどうか」を追究していくためには、先入観や常識などにもとらわれない「脳のリーダー」という主体的な意識をもつことが大事ということである。しかしこのことは当たり前のようで、なかなか出来ないのが人間の業（さが）というものだ。

というのも人間は歴史的・社会的動物であるからだ。人は生まれた家庭環境や教育、社会環境などによって知恵や知識、あるいは世間的な常識といったことも学び、身に付けていく。自分の頭で考えているつもりでも、実はその社会や誰かの影響を大きく受けている。そうしたことも踏まえたうえで、自分自身に常に問いかけ、一人前の「まともな人間」として認められるように成長していかなくてはいけない。だから若い時には、大いに悩み、本物・本質を追究し、それぞれの答えが見つかるまでチャレンジを繰り返してほしいものである。

赤ん坊は、変な自我意識もなく、他人の批判や善悪の判断もせず、すべてを受け入れてニコニコわらっている。いわば白紙の心と脳の持ち主だ。それだけに、安田式遊具を通じて、白紙に近い子供の脳とからだの成長にかかわっていることに、大きな責任と共にやりがいを感じるのである。

「まともな脳」「まともな人間」

ヨシカワ商事の営業テリトリーは近畿圏内だが、エールを設立したことで全国展開になり、各園とのかかわり方もより直接的になっていった。安田式遊具は「安田メソッド」という指導法と対のものとして販売・普及しているからだ。遊具を園に納品するときはもちろんのこと、その後も必要に応じて園を訪問して園長をはじめ先生たちに安田メソッドを指導していく。また定期的に研修会も開いており、そのときは各地の園の先生方や関係者が参加する。

安田先生も亡くなられる一年前（97歳）まで、私やエールのスタッフとともに全国の園を行脚された。さすがに90歳近くになると外出のときは杖を手放せなくなっていたが、指導を始めたとたんにがらっと変わり、保育士さんや子供たちを驚かせたものだった。熊本県菊池市のF保育園（理事長）から『輝け！命』に寄せられた原稿の一部を紹介する。

――職員は安田先生とはどういう方だろうかと興味津々でお迎えしました。杖をついて車から降りられるお姿は、白い長いひげ、その動作から、昔話に出てくる仙人のように映りました。

園への階段を一段一段、ゆっくりと歩かれ、玄関に一歩踏み出そうとされた瞬間、その覚束（おぼつか）ない足どりから一変し、杖をポンと放り投げ、背筋をシャンと伸ばし颯爽と歩き始められた姿に驚愕したものです。

園児が安田式遊具で思い思いに遊びに興じていた時、安田先生が杖を置き鉄棒の前に立たれました。子ども達は、何が始まるのかと集まってきて、「鉄棒ができるの?」と不安げな表情です。クルリと逆上がりをされた瞬間、「すごい」「わあー」という歓声がおこりました。先生のお年からは想像もつかないすごさを見せていただきました。——

安田先生

こういう文章を読まれると、安田式遊具は体操の得意な子供を育てようとするのかと早合点する人が時たまいるが、それは全くの誤解である。安田式遊具とメソッドの目的は「まともな脳」「まともな人間」を育てることにある、と安田先生が口癖のように言っていた。私は、そういう安田先生の幼児教育に対する根本的・本質的な考えと情熱に共鳴したからこそエールを創立したのである。

全国の園を訪ね回っていくと、安田式遊具を導入してから園児たちが見違えるように変わったという喜びの声をたくさん聴かせて頂ける。では、何が変わったのかといえば、昔のような明るく元気に楽しく外で遊ぶ子供が増え、自立性が増してきたとか、子供同士の協調性がよくなったといったことである。私としても嬉しい限りである。

前にも述べたように、戦後の教育は、自由と平等、個性の尊重などを第一義にかかげたのはいいが、悪平等やエゴ丸出しの個人主義などの風潮を蔓延させた。その結果が、学級崩壊、家族崩壊などとして現れたわけである。

モンテッソーリ教育の第一人者・相良敦子先生（元滋賀大学教育学部教授・幼児教育学）は、『幼児期には2度チャンスがある　――復活する子どもたち』の中で、学級崩壊について次のように書いている。

――小学校低学年の学級崩壊の現象が報じられ始めたころ、私は、その荒れ方の、幼児期との共通性に強い興味をもちました。そのような荒れ方は幼児後期（三～六歳）に頻繁に見られる状態で、それが修正されないまま小学校へ行けば、当然そのような現象は起こるだろうと直感したからです。

人々は当初、その原因は「自由保育」だとささやきました。言われた側は、「幼児教育が、苦労して開拓し、実践を積み上げてきた成果や路線と、小学校の入り口とがずれているのだ。変わるべきはむしろ、旧態依然とした小学校だ」と反論します。

しかし、現段階での「自由保育」には、「自由に選ぶ」行為はあっても、選んだものを見通しをもって実行し、途中で投げ出さないで「責任をとる」ことを大切にする、思想も方法論も不十分です。その点で、日本の今の自由保育は未熟で、まだまだ研究の余地がたくさん残されています。自由保育の未熟さが見逃した幼児期の教育の課題

東京大学講堂で『失敗学会』東京大会、講師として家内と上京。「安田式遊具に学ぶ　子供の危険学」の演題で居関取締役とともに講演。（2017.12.16）

が、小学校に待ち込まれ、問題を起こす引き金になっているのが事実だと思います。――

まさに自由と平等のはき違えが、幼児教育の混乱となって現れたのだ。子供の生活は「遊び」であり、遊びが生活と言われている。しかし自由気ままな遊びというのは「甘やかし」にもなる。

幼児期でも「責任をとる」という意識は十分もっている。節度をもった「楽しい遊び」のなかで、子供の自主性・自立心を育み、友達とのコミュニケーションや協調性（社会性）を身に付けさせていくことが「安田メソッド」の指導法である。

立腰教育としつけ

今年（２０１８年）から小学校に「道徳教育」が教科化されることになった。遅きに失した感もなくはないが、とにかくよかったと思う。ところが若い先生方はずいぶんこれに戸惑っているらしい。

私はかつて森信三先生の「立腰（りつよう）教育」に共感して、その運動を啓発している協会にしばらく通ったことがある。からだの中心に一本の柱を建てるためには、「腰骨を立て、背筋を伸ばす」ことが肝心であるという教えで、これを学校教育の中で実践している先生も少なくない。

日本の伝統芸能も武道でも、背筋をピンと伸ばして姿勢を正すことを重視する。実際、美しい挙措・動作をする人は姿勢が美しい。姿勢を正すこと、きちんとした挨拶は基本中の基本であり、「和をもって貴し」とする日本の精神でもある。

幼児期に最低限のマナー（しつけ）を身につけていない子が増えたから小学校の先生方は困っているそうだが、この問題についても相良敦子先生は前著で次のように指摘されている。

――四歳前後は、随意筋運動の調整期で、この時期にしか身につかないことがあります。人間は、この時期に、自立した人間となるために二つの大きな願望をもちます。一つは、自分が自身の行動の主人公になること。つまり、自分の意志通りに自分の体を動かせるようになりたい。もう一つは、社会的な意識が芽生えてくるので、社会の中でちゃんと行動したい、というものです。

幼児を観察していると、目的にかなった正しい動き方に強い興味をもっていることが、よくわかります。（中略）

幼児は、正確な動き方を忠実に学ぼうとします。また、そのために熱心に努力もします。この時期は、「しつけの絶好機」だと言うことができます。外から押しつけた「しつけ」ではなく、その場にふさわしい行動を喜々として学ぼうとする時期なので、「正しい振る舞い方」を教える絶好のチャンスなのです。――

周知のとおり、随意筋というのは自分の意識によって動かすことのできる筋肉で、体を動かす骨格筋がこれにあたる。対して、意識で動かすことのできない筋肉は不随意筋と呼ばれ、心筋（心臓の筋肉）や平滑筋（胃腸などの筋肉）がこれにあたる。

ある動作をしようと思う（意識する）と、脳から出た電気信号は運動神経によって筋肉の筋紡錘へと伝わる。筋紡錘から筋肉全体の筋細胞へと電導が生じて、筋細胞は収縮し、筋肉全体が収縮する……、というような仕組みになっているが、脳とからだ（筋肉）がまだ整っていない幼児期は、自分の意志通りに体を動かすことができないのだ。

だからこそ「幼児は、正確な動き方を忠実に学ぼうとする」。これは、いのち（からだと心）が求める本能と言ってもよいのだろう。その大事な時期、すなわち「正しい振る舞い方」を教える絶好のチャンスのときに、「自由に遊ばせる」のではなく、「楽しい体育遊び」を与えて随意筋運動の調整につ

なげていく。そのことを安田先生は、〈楽しい運動が脳を育てる〉と表現したが、言っていることは相良先生と同じである。

安田先生は80歳過ぎて重症無筋力症を患い、自分の意思で随意筋を動かせなくなったときでもダンベルを旅先にも持ち込んでリハビリを続け、見事に克服された。最晩年にはさすがに杖を持たれたが、背筋はいつもピンと伸ばしておられた。「まるで仙人のようだ」と見られたが、現役で人を教える限り自らの姿勢を正そうと、「身を修める」努力を怠らなかったのである。

世界に特殊な普遍性

安田祐治先生と出会うまでの十数年間、私は「幻の遊具」を海外に探し求めていた。再び国内に目を向けたきっかけは、江戸時代や明治時代に日本を訪れた西洋人の紀行文や印象記録だった。

「世界中を探しても日本人ほど子供を愛する民族はない」
「日本はまさしくここは子供の楽園だ」
「日本ほど子供が下層社会の子供さえ注意深く取扱われている国は少ない」
「私は、日本ほど子供を可愛がる人々を見たことがない」

このように、彼らは口をそろえたように子供の印象を語り、清潔好きで親切な日本人や伝統文化を称賛しているのである。日本人にしたら、西洋人はこんなことに感動するのかと思えることもあるが、普段見慣れたものは当たり前のこととして気づかなくなるものだ。

実際、初めて海外を旅行したり、ある国に長期滞在して帰国すると、日本の素晴らしさに改めて目を開かされたと感じる人は多いし、ほとんどの人がそうだろう。普段の生活の中では当たり前になってつい忘れがちになる。その当たり前のことが外国人にとってはただ物珍しいというだけでなく、得難い伝統文化であり、普遍的な価値なのである。

たとえば、あの東日本大震災のときのことがある。

地震に続く大津波や原発の破壊で壊滅状態のなか、全国各地から送られてくる救援物資の配給を受け取る人々が整然と並んでいた。その様子がテレビニュースで世界に発信され、世界中の人々が驚きと称賛の声を上げたという。その話を聞いた日本人は逆に「なぜ、そんなことに驚くのか」と誰しもが不思議に思っただろう。日本人にとっては当たり前だったが、世界の人々は、日本人一人ひとりの慎み深い品性ある行動に感動したのである。

『国家の品格』（新潮新書）という名著を書かれた藤原正彦氏（お茶の水女子大学教授）は、西洋人が信奉する論理と理論だけの近代的合理主義、弱肉強食の市場原理主義・株主主義、グローバリズムなどを痛烈に批判した上で、日本人が大切に育んできた繊細で美的な感受性、情緒や形（礼儀作法など）、武士道（高い道徳）などを挙げ、こう言い切っている。

「日本人一人一人が美しい情緒と形を身につけ、品格ある国家を保つことは、日本人として生まれた真の意味であり、人類の責務と思うのです」

私もまったく同感であるし、最近はこれに共感する人が周りに増えているように思う。

藤原正彦氏は数学者で、作家・新田次郎と藤原ていの次男として１９４３年に満州で生まれているから私より1歳年長だ。藤原ていが三人の子供の手を引いて満州から引き揚げた実体験を書いた『流れる星は生きている』は戦後のベストセラーになった。両親共に作家という血筋は争えないもので、『国家の品格』もベストセラーになっている。

江戸・明治時代に日本を訪れた西洋人が口をそろえて日本及び日本人を賛嘆したように、戦前に日本を訪れたアインシュタインも最高の賛辞を残した。

今では広く知られたその言葉は、『国家の品格』の中でも一部を紹介しているが、なにしろ世界史的に貴重な証言であり、未来の日本人のためにも大切な言葉なので、私もぜひ本書のなかに引用し残しておきたいと思う。

１９２３年11月23日、憧れの日本の土を踏んだアインシュタインは、万世一系の伝統が息づく日本文明（まさに世界文明の一つ！）を目の当たりにして大きな感動を受け、次の言葉を残した。

「近代日本の発展ほど世界を驚かせたものはない。一系の天皇を戴いていることが今日の日本をあらしめたのである。私はこのような尊い国が世界に一か所ぐらいなくてはならないと考えていた。世界の未来は進むだけ進み、その間幾度か争いは繰り返されて、最後の戦いに疲れる時が来る。その時、人類は、まことの平和を求めて、世界的な盟主をあげなければならない。この世界の盟主なるものは、武力や金力でなく、あらゆる国の歴史を抜きこえた最も古くて尊い家柄でなくてはならぬ。世界の文化はアジアに始って、アジアに帰る。それにはアジアの高峰、日本に立ち戻らねばならない。我々は感謝する。我々に日本という尊い国をつくっておいてくれたことを」

幼児教育の可能性と夢を信じて

アインシュタインのこの言葉を、しみじみと実感しながら感謝する人は多いのではないだろうか。とくに海外に出て帰国したときには強く感じさせられる。

今年（２０１８年）の３月、私はマチュピチュへの旅をした。15世紀のインカ帝国の遺跡に佇んだとき、アインシュタインの言葉をふと思い出したりした。

大航海の時代、中南米に到達したスペイン人とポルトガル人は、膨大な金銀、そして無智なる先住民を目にして狂喜した。

南米ペルーに上陸したスペイン軍は２００人に満たなかったが、インカ帝国2万人の兵士を壊滅させ、１５３３年、インカ帝国は滅亡した。ブラジルはポルトガル人によって征服され、アフリカから連れさってきた黒人は奴隷として酷使された。南米の言語は、ブラジルがポルトガル語で、残りはすべてスペイン語である。インカ帝国は山頂の遺跡を残すのみで、文字を持たなかったので、どのような文明だったのか解明の手がかりが少ない。

クスコ市内も観光したが、太陽の神殿跡に建てられたキリスト教会を見ながら、私は大きなため息をついた。

原住民のケチャ語はスペイン語に変えられ、街行く人たちはスペインとの混血が多い。五百年たらずで言語を失い、民族の誇りやアイデンティティを失った人々の姿を見て、私は先人の立派な日本人に感謝せずにはいられなかった。

マチュピチュの旅から4か月後。

連日のように熱中症への警告が出された7月末、創業46年目となるヨシカワ商事を2キロメートルほど離れた所に移転した。旧社屋は駐車場が少し離れたところにあって、荷物の積み下ろしなどに不便だったが、二階建ての新社屋は総床面積がほぼ二倍になり、駐車場（十台分ほど）も備わっている。

新社屋は、「矛盾のない仕事をしたい」と始めた幼児教育の、46年間に出会ったホンモノを体験できる施設にした。

旧ヨシカワ商事の社屋
（現在、駐車場を広げ、活用法を検討中）

水のリアライザー、空気のエコウィン、音のビクター・匠の響ウッドコーンスピーカー。健康にパルス式家庭用超短波治療器（このメーカー伊藤超短波は、公益財団法人全日本柔道連盟の公認スポンサーとして多くのアスリートをサポートしている）。

除湿にはカンキョーのコンデンス除湿乾燥機。飲み物には、皮丸ごと豆乳、鈴木青汁やにんじんジュース、そして炒りたてコーヒーでのおもてなし。

４年後に創業五十年を迎えるヨシカワ商事は現在、次女夫妻と社員たちが頑張ってくれているので安心だが、私はまだ現役としてやり残したことがある。それは何かと一言でいうならば、三つ子の魂・幼児教育の可能性と夢を信じて、これからもエール共々、百年続く会社の土台をつくっておくことである。

長女夫妻に任せているエールに関しては、アメリカで著作権も取れたので、いよいよ世界の子供に安田式遊具と安田メソッドを普及すべく取り組んでいきたい。幸い、鉄棒がハードロック工業のゆるまないネジをヒントに組立式で完成した（現在特許出願中）。こ

ヨシカワ商事　新社屋

れで輸送代の問題が解決したので、まず安田式鉄棒で世界展開したい。そして世界の子供達に遊べる環境を造っていくことで、健全な脳をもった子供を育てたいと夢を膨らませている。

夢の多い私は、人と話をすると止まらなくなると愛妻君には笑われるけれど、一方通行ではなく、人の話もよく聞きます。とにかく私は一期一会的な人との出会いが大好きなのだ。

どうぞ気軽にお立ち寄りください。美味しいコーヒーでおもてなしさせていただきます。

私の本棚（参考図書リスト）

＜教育＞

子どもの本との出会い　鳥越　信　ミネルヴァ書房
子どもの本の選び方・与え方　鳥越　信　大月書店
伸びる子の育て方　岸本　祐史　小学館
子どもの遊びと学力　岸本　祐史　清風堂書店
家庭でのばす見えない学力　岸本　祐史　小学館
江戸の子育て読本　小泉　吉永　小学館
日本のこころの教育　境野　勝悟　致知出版社
美しい日本人の物語　占部　賢志　致知出版社
授業づくりＪＡＰＡＮの日本が好きになる！歴史全授業　斎藤　武夫
見える学力、見えない学力　岸本　裕史　大月書店
学校の失敗　向山　洋一　扶桑社
真っ当な日本人の育て方　田下　昌明　新潮選書
石井式漢字教育革命　石井　勲　グリーンアロー出版
脳を鍛えるには運動しかない　ジョンＪ・レイティ　NHK出版
脳は出会いで育つ　小泉　英明　青灯社
スーパーブレイン　ディーパック・チョプラ　保育社
一流の頭脳　アンダース・ハンセン　サンマーク出版
にほんのあそびの教科書
にほんのあそび研究委員会　滋慶出版つちや書店
「大学を素読する」　伊與田　覺　致知出版社
手と脳　久保田　競　紀伊國屋書店
子供たちの脳を育てる　山下　謙智　同朋舎出版
赤ちゃんの運動能力をどう優秀にするか　グレン・ドーマン
素晴らしかった日本の先生とその教育　楊　応吟　桜の花出版
学力と社会力を伸ばす脳教育　澤口　俊之　講談社
幼児教育と脳　沢口　俊之　文芸春秋
思いやりのこころ　木村　耕一　１万年堂出版
日本人の神髄　小田　全宏　サンマーク出版
現代の覚者たち　森信三/平沢興/坂村真民　致知出版
ＧＯ ＷＩＬＤ野生の体を取り戻せ！
ジョンＪ・レイティ　ＮＨＫ出版

渋沢栄一「論語と算盤」が教える人生繁栄の道
渡部　昇一　致知出版社
答は現場にあり　大畑　誠也　ぱるす出版
子供が喜ぶ講和　瀬戸　謙介　致知出版
子供が育つ講和　瀬戸　謙介　致知出版
講和に学ぶ人間学　境野　勝悟　致知出版
運命を開く　安岡　正篤　プレジデント社
ハガキ道に生きる　坂田　道信　致知出版
教育は国家百年の計　占部　賢志　モラロジー研究所
教科書から消えた唱歌・童謡　横田憲一郎　産経新聞
先生、日本ってすごいね　服部　剛　高木書房
本物に学ぶ生き方　小野　晋也　致知出版
寺小屋問答　鈴木ともゆき　はまの出版

<食育・健康>

食品の裏側―みんな大好きな食品添加物　安部　司　東洋経済新報社
食民地―アメリカに餌づけされたニッポン　船瀬　俊介　ゴマブックス
だから医者は薬を飲まない　和田　秀樹　ＳＢクリエイティブ
食物崩壊―出揃った滅亡のシナリオ　西丸　震哉　講談社
乳がんと牛乳―がん細胞はなぜ消えたのか　ジェイン・プラント　径書房
なぜ「牛乳」は体に悪いのか 医学会の権威が明かす、牛乳の健康被害
フランク・オスキー　東洋経済新報社
「アメリカ小麦戦略」と日本人の食生活　鈴木猛夫　藤原書店
朝食有害説―「一日二食」で健康に生きる
渡辺　正　情報センター出版局
食べることに自信をなくした日本人　島田　彰夫　芽ばえ社
食で医療費は１０兆円減らせる　渡辺　昌　日本政策研究センター
奇跡が起きる「超少食」　甲田　光雄　マキノ出版
青汁少食でアレルギーが消えた　甲田　光雄　雄鶏社
伝統食の復権　島田　彰夫　東洋経済新報社
牛乳は子どもによくない　佐藤　章夫　PHP研究所
子供・健康・食生活　菅原　明子　文化出版局
『食道楽』の人　村井弦斎／黒岩比佐子　岩波書店
炭水化物が人類を滅ぼす　夏井　睦　光文社新書
傷はぜったい消毒するな　夏井　睦　光文社新書
ケトン体が人類を救う　宗田　哲男　光文社新書

ケトン食ががんを消す　古川　健司　光文社新書
体が生れ変わる「ケトン体」食事法　白澤　卓二　三笠書房
マンガ『炭水化物が人類を滅ぼす』最終ダイエット
「糖質制限」が女性を救う！　おちゃずけ／著 夏井睦／監修　光文社
白米が健康寿命を縮める　花田　信弘　光文社新書
「糖質制限」が子供を救う　三島　学　大垣書店
糖質ゼロの食事術　釜池　豊秋　実業之日本社
「糖質オフ！」健康法　江部　康二　ＰＨＰ研究所
糖質制限・糖質ゼロのレシピ集　釜池　豊秋　実業之日本社
Dr.山田の新・糖質制限食事法　山田　悟　高橋書店
葬られた「第二のマクガバン報告」上中下
T•コリン•キャンベル/トーマス•M•キャンベル　グスコー出版
糖質制限で頭がいい子になる三島塾のすごい子育て
三島　学/江部　康二　かんき出版
栄養と犯罪行動　アレキサンダー•G•シャウス　ブレーン出版
健康診断は受けてはいけない　近藤　誠　文春新書
桜沢如一。100年の夢。　平野　隆彰　アートヴィレッジ
抗がん剤は効かない　近藤　誠　文藝春秋
ガンを自宅の食事で治す法―元ハーバード大学准教授が教える
荒木　裕　三笠書房
アメリカはなぜガンが減少したか　ゲリー・ゴードン　現代書林
近藤先生、「がんは放置」で本当にいいんですか?　近藤　誠　光文社
ガンは自分で治せる　安保　徹　マキノ出版
病気をよせつけない生き方　安保徹・ひろさちや　ぶんか社
最強の免疫学　安保　徹　長岡書店
医者に殺されない47の心得 医療と薬を遠ざけて、元気に、長生きする方法
近藤　誠　アスコム
胃がんの原因はピロリ菌です　内藤　裕二　大垣書店
その１錠が脳をダメにする　宇多川久美子　ＳＢ新書
薬剤師は薬を飲まない　宇多川久美子　廣済堂出版
薬が病気をつくる　宇多川久美子　あさ出版
医学不要論　内海　聡　三五館
病気にならない生き方１・２　新谷　弘実　サンマーク出版
９割の病気は自分で治せる　岡本　裕　中経の文庫
塩をしっかり採れば病気は治る　石原　結実　経済界
減塩の恐怖　中嶋　孝司　蝸牛社
抗ガン剤で殺される　船瀬　俊介　花伝社

病院に行かずに「治す」ガン療法　船瀬　俊介　花伝社
メタボの暴走　船瀬　俊介　花伝社
病気はこうしてつくられる！　船瀬俊介・宇田川久美子　ヒカルランド
病気がイヤなら油を変えなさい　山田　豊文　河出書房新社
白米中毒　白澤　卓二　アスペクト
卵を食べれば全部よくなる　佐藤　智春　マガジンハウス
答えは現場にあり　大畑　誠也　ぱるす出版
土からの医療　竹熊　宣孝　地湧社
鍬と聴診器　竹熊　宣孝　地湧社
コーヒーは生鮮食品だ！　一宮　唯雄　暮らしの手帖
コーヒーの真実　アントニー・ワイルド　白揚社
オルゴールは脳に効く！　佐伯　吉捷　実業之日本
丸く　ゆっくり　すこやかに　吉丸房江　地湧社

<環境・社会>

食とからだのエコロジー　島田　彰夫　農山漁村文化協会
食と健康を地理からみると　島田　彰夫　農山漁村文化協会
大江戸えころじー事情　石川　英輔　講談社
大江戸生活体験事情　石川英輔／田中優子　講談社
携帯電話は体に悪いのか？ー歯科からの電磁波対策 現代書林　藤井佳朗
携帯電話　隠された真実ー米国屈指の医学者が警告する、
携帯電話の人体影響　デヴラ・デイヴィス　東洋経済新報社
テレビに破壊される脳　和田　秀樹　徳間書店
危険！テレビが幼児をダメにする　岩佐　京子　コスモトウワン
ゲーム脳の恐怖　森　昭雄　NHK出版
デジタル家電が子供の脳を破壊する　金澤　治　講談社
子どもを狙え！　ジュリエット・ショア　アスペクト
メディアのウソ、教えたる！　宮嶋　茂樹　河出書房新社
マインドコントロール　池田　整治　ビジネス社
超マインドコントロール　池田　整治　ビジネス社
テレビ報道「嘘」のからくり　小川栄太郎　青林堂
テレビ「やらせ」と「情報操作」　渡辺武達　三省堂
脳内汚染　岡田　尊司　文芸春秋
食卓の向こう側　魚戸おさむ・渡辺 美穂・佐藤弘　西日本新聞

＜歴史・文化＞

逝きし世の面影　渡辺　京二　平凡社

語り継ぎたい　美しい日本人の物語　占部　賢志　致知出版

日本民族の危機　岡　潔　日新報道

アメリカの鏡・日本　ヘレン・ミアーズ　角川文庫

日本はどれだけいい国か　日下公人／高山正之　ＰＨＰ研究所

日本の偉人の物語　白駒如登美　致知出版

ぼくらの祖国　青山　繁晴　扶桑社

すごいぞ日本　産経新聞「すごいぞ日本」取材班　扶桑社

誇り高く優雅な国、日本　エンリケ・ゴメス・カリージョ　人文書院

縄文文化が日本人の未来を拓く　小林　達雄　徳間書店

日本人ルーツの謎を解く　長浜浩明　展転社

古事記は日本を強くする　中西　輝政　徳間書房

武士道　新渡戸稲造　教文館

歴史の「いのち」　占部　賢志　モラロジー研究所

堂々たる日本人　泉　三郎　祥伝社

世界にもし日本がなかったら　池間哲郎　育鵬社

新歴史の真実　前野　徹　講談社

1945日本占領　フリーメイスン機密文書　徳本栄一郎　新潮社

学校でまなびたい歴史　齋藤　武夫　産経新聞

英国人記者が見た連合国戦勝史観の虚妄
ヘンリー・Ｓ・ストークス　祥伝社新書

真珠湾の真実　ロバート・Ｃ・スティネット　文芸春秋

日出づる国、日本へ　小澤　政治　ブックコム

その時、空母はいなかった 検証パールハーバー
白松　繁　文芸春秋企画出版部

どの教科書にも書かれていない日本人のための世界史
宮脇淳子　角川書店

21世紀日本の使命　高村　思風　致知出版

文化力・日本の底力　川勝　平太　ウェッジ

日本人の遺伝子　渡辺　昇一　ビジネス社

世界一の都市江戸の繁栄　渡部　昇一　WAC

国会議員に読ませたい敗戦秘話　産経新聞取材班　産経新聞

誰が第二次世界大戦を起こしたのか　フーバー大統領
「裏切られた自由」を読み解く　渡辺　惣樹　草思社

太平洋戦争の大嘘　藤井巌喜　ダイレクト出版

戦後史の正体　孫崎　亨　創元社

米ソのアジア戦略と大東亜戦争　　椛島　有三　　明成社
報道されない近現代史　　　　元谷外志雄　　産経新聞
ＧＨＱ焚書図書開封　　　　　西尾　幹二　　徳間書店
最新日本史
　　渡部昇一／小堀桂一郎／櫻井よしこ／中西輝政／國武忠彦　明成社
日本人に生まれて良かった　　櫻井よしこ　　悟空出版
特攻　最後の証言　　　　　「特攻最後の証言」政策委員会　　文藝春秋
日本の元徳　　　　　　　　菅野　覚明　　日本武道館
徳の国富論　　　　　　　　加瀬　英明　　自由社
誰も書かなかった日韓併合の真実　　豊田隆雄　　彩図社
慟哭の通州　　　　　　　　加藤　康男　　飛鳥新社
真実の朝鮮史　　　　　　　宮脇淳子／倉山満　　ビジネス社
原爆を投下するまで日本を降伏させるな―トルーマンとバーンズの陰謀
　　　　　　　　　　　　　　　　　　　　鳥居　民　　草思社
正論ＳＰ産経教育委員会１００の提言　　産経新聞
いまなお蔓延るＷＧＩＰの嘘　　関野　通夫　　自由社
日本人が知らない洗脳支配の正体　　高山正之／馬渕睦夫　　ビジネス社
東京裁判を批判したマッカーサー元帥の謎と真実
　　　　　　　　　　　　　　　　　　吉本　貞昭　　ハート出版
ＧＨＱの日本洗脳　　　　　山村　明義　　光文社
国民のための日本建国史　　長浜　浩明　　アイバス出版
嘘だらけの日中近現代史　　倉山　満　　扶桑社新著
昭和天皇の学ばれた教育勅語　　杉浦　重剛　　勉誠出版
国難の正体―世界最終戦争へのカウントダウン　馬渕睦夫　　ビジネス社
アメリカの社会主義者が日米戦争を仕組んだ
　　　　　　　　　　　　　　　　馬渕　睦夫　　ベストセラーズ
チベット自由への闘い―ダライ・ラマ14世
　　　ロブサン・センゲ首相との対話　　櫻井よしこ　　ＰＨＰ研究所
東京裁判をゼロからやり直す
　　　　　　　　　　　ケント・ギルバード／井上和彦　　小学館
マンガ　海の武士道　　　　恵　隆之介　　扶桑社
日本近現代史の真実―50の質問に答える　　土屋たかゆき　　展転社
パラオはなぜ「世界一の親日国」なのか　　井上和彦　　ＰＨＰ研究所
侵略の世界史　　　　　　　清水聲八郎　　祥伝社
世界は邪悪に満ちている　だが日本は　　日下公人・高山正之　　ＷＡＣ
世界の歴史はウソばかり　　倉山　満　　ビジネス社
子供たちに知らせなかった日本の戦後　　皿木　喜久　　産経新聞

日本人が知らされてこなかった「江戸」世界が認める
　　　「徳川日本」の社会と精神　　原田　伊織　　ＳＢクリエイティブ
戦後教科書から消された人々　　濤川　栄太　　ごま書房

<ビデオ>

ドキュメンタリー「巨利をむさぼる 向精神薬による治療の真実」
市民の人権擁護の会
あまくない砂糖の話　　デイモン・ガモー　　紀伊国屋書店
ガイヤのメッセージ―地球・文明・そしてエネルギー
太田　洋昭　　ＷＡＣ
おいしいコーヒーの真実
マーク・フレンシス／ニック・フランシス　　アップリンク
フォークス・オーバー・ナイブズ―いのちを救う食卓革命
リー・フルカーソン　　日本コロムビア
パンドラの約束　　ロバート・ストーン　　ＷＡＣ
スーパーサイズ・ミー
モーガン・スパーロック　　ＴＣエンタテインメント
マイケル・ムーアの世界侵略のススメ
マイケル・ムーア　　ソニー・ピクチャーズエンタテインメント
今、子どもたちがあぶない！
田澤雄作／脇明子／山田真理子／中村柾子／斉藤惇夫　　古今社
モンサントの不自然な食べもの
マリー＝モニク・ロバン　　ビデオメーカー
９１１ボーイングを捜せ
グローバルピースキャンペーン　　ハーモニクス出版
テロリストは誰？　グローバルピースキャンペーン　　ハーモニクス出版
じっくり学ぼう！日本近現代史 現代編・近代編
神谷宗幣／倉山満　　株式会社グランドストラテジー
凛として愛　　泉水　隆一　　愛国女性のつどい花時計
独立アジアの光　　日本会議事業センター

吉川静雄・略年表

和暦	西暦	吉川静雄	社会の動き	食・環境・教育ほか
昭和19	1944	9月20日　滋賀県で生まれる	8月10日、海軍軍人の父親、大東亜戦争で戦死	学童疎開始まる 東南海地震（12月）
20	1945		8月15日、終戦 ＧＨＱ日本占領	ＧＨＱが農地改革を指令
21	1946	2歳のときより母の実家に移り住む	日本国憲法公布（11月3日）	空前の出版ブーム
26	1951	小学2年生	「大東亜戦争は日本の自衛のための戦いだった」とマッカーサーが証言	米屋民営に 衣料配給制廃止
27	1952		サンフランシスコ講和条約発効。ＧＨＱによる6年8ヶ月の占領が終わる	砂糖が13年ぶりに自由販売に
29	1954	小学校5年、牛乳配達を始める	プロレスブームに、街頭テレビに黒山の人	『暮らしの手帖』が商品テストを始める

和暦	西暦	吉川静雄	社会の動き	食・環境・教育ほか
昭和31	1956	中学校入学	流行語「一億総白痴化」「もはや戦後ではない」「太陽族」など	栄養改善運動と称したキッチンカーによる「フライパン運動」始まる
32	1957		ソ連から最後の帰国船、舞鶴港に。	コカ・コーラ日本で販売開始
34	1959	高校入学	日産、ダットサン・ブルーバードを発売。マイカー時代の幕開け。国民年金制度発足	日清チキンラーメン発売（35円）。花王の合成液体洗剤「ライポンF」を発売
37	1962		キューバ危機。	リポビタンD発売 中性洗剤の有害性指摘
38	1963	某地方自治体へ就職・立命館大学II部（夜間）法学部入学	経済白書「先進国への道」発表	広告費の増加率世界一に
40	1965	自治体退職・立命館大学I部（昼間）3回生へ転入学	米軍、ベトナム北爆開始 名神高速道路全線開通	東京都、空陸の大気汚染調査実施
42	1967	大学卒業、最初の就職先・食品関連会社は半年で辞め、オンワード樫山に就職	公害対策基本法公布 いざなぎ景気	国民の9割が中流意識（国民生活白書）
44	1969	大手生保に男子営業の幹部候補として転職	大学紛争激化。ベトナム戦争泥沼化。	初の「公害白書」発表
47	1972	大手生保退職 学研代理店ヨシカワ図書（現・ヨシカワ商事）を27歳で創業	田中角栄「日本列島改造論」発表（6・11）	森永、ヒ素ミルク中毒の責任認める

和暦	西暦	吉川静雄	社会の動き	食・環境・教育ほか
昭和49	1974	この頃から痛風に悩まされる。マクロビオティック（食養）に出会い、玄米食を始め、薬を絶つ。	戦後初のマイナス成長、狂乱物価。	東京にコンビニ第1号「セブンイレブン」
52	1977	ヨシカワ商事の土台作りに奔走	日本の男女・平均寿命が世界トップに（男72.69歳、女77.95歳）	アメリカで食生活（西欧食）を見直す「マクバガン・レポート」5000ページ
61	1986	よしかわ書房オープン	男女雇用機会均等法施行 バブル経済真っただ中	チェルノブイリ原発事故
平成2	1990	給食用無添加お菓子発売開始	東西ドイツ統一 株価急落、バブル崩壊	記録的な猛暑で水不足が深刻
3	1991	シャボン玉石けん取引開始	湾岸戦争 ソ連邦解体	エコロジーブーム
4	1992	「くらしの安全ネットワーク」設立・講演活動	ブラジル・リオデジャネイロで地球環境サミット	今「子供」が危ない（学研、UTAN 驚異の科学シリーズ 地球環境白書）
5	1993	ハーレー・シカゴ研修（8月）	細川内閣発足、首相の「間違った戦争」発言（8月）	環境基本法成立（11月）
6	1994	安田先生と出会う（11月）	関西空港開港（9月）	製造物責任公布（PL法）
7	1995	エール株式会社設立	1・17 阪神淡路大震災 地下鉄サリン事件	「容器包装リサイクル法」公布

和暦	西暦	吉川静雄	社会の動き	食・環境・教育ほか
平成8	1996	ノルウエー・ストッケ社（6月）。よしかわ書房リニューアルオープン（12月）	YAHOO！JAPANがサービス開始	狂牛病発生、イギリスの牛肉の輸入禁止。薬害エイズ裁判でミドリ十字が謝罪。
10	1998	よしかわ書房閉店	長野オリンピック（2月）明石大橋開通	「家電リサイクル法」公布
13	2001	天分塾入塾。森信三:「立腰教育」「修身教授録」(4月)。日本霊長類学会　安田先生と入会	アメリカ同時多発テロ（9・11）	雪印牛肉偽装事件
15	2003	外あそび体育遊具協会設立　安田メソッドの普及。日本総合医学会の食養リーダー取得	イラク戦争開戦	「食品安全基本法」公布
19	2007	第13回世界体操祭（ジムナストラーダ）オーストラリアに安田先生・坂下先生と参加	日本郵政株式会社が発足（日本郵政公社が解散）	食品偽装事件の発覚（ミートホープ事件など）。中国産冷凍ギョウザで中毒事故発生
20	2008	コーヒーインストラクター取得（「茶道」に代わるおもてなしの心）	リーマンショックから世界同時不況へ	日本人としては史上最多の4人（米国籍1人）がノーベル賞を受賞
21	2009	修養団伊勢道場で橋本宙八の7日間半断食（2回目）	裁判委員制度開始　米国、黒人初のオバマ大統領（第44代）	消費者庁と消費者委員会設置
22	2010	「外あそび体育遊具協会」を一般社団法人にする	流行語「無縁社会」	根岸英一・鈴木章がノーベル化学賞を受賞

和暦	西暦	吉川靜雄	社会の動き	食・環境・教育ほか
平成23	2011	V21渚プール完成（エールの新商品） 第14回世界体操祭（スイス）へ	東日本大震災（3・11） 国際宇宙ステーション完成（1998開始）	小笠原諸島がユネスコ世界自然遺産に登録
25	2013	公益財団法人「外あそび体育遊具協会」内閣府より認定 エールの「がんばりまめの杜・試遊館」オープン	世界の人口が70億人突破	富士山が世界遺産登録 和食が無形文化遺産登録
27	2015	安田式遊具誕生秘話の漫画「輝け！ 命」を出版	パリ多発テロ 靖国爆発物事件 マイナンバー制度スタート	「ふるさと納税」に人気
29	2017	6月23日 安田先生逝去。10月、安田式遊具とメソッド、著作権を取得。12月、「失敗学会」東京大会で講演	製造業大手の不祥事が多発 前年2016年生れの新生児100万人割れ（97万人余）	九州北部豪雨 「沖ノ島」世界遺産に
30	2018	ヨシカワ商事、新社屋に移転		記録的な豪雨・暴風・地震が全国各地で頻発

曲面絵画：琵琶湖の日の出　ブライアン・ウィリアムズ作
（試遊館ギャラリーに展示）

あとがき

政治経済も人の動きも、アメリカ主導のグローバリゼーションの世の中である。しかもＳＮＳのネット社会となり、地球はますます狭くなっている。わたしも企業人のひとりとして、全国各地を飛び回るし、海外にもよく行くほうであるから、グローバリゼーションは実感としてわかる。しかしこのグローバリズムというのは市場原理主義の弱肉強食そのもので、強い者がますます強くなっていく。

さらに問題なのは、国籍不明のヒトたちが増え続けることだ。戦後教育によって欧米崇拝のような空気が広がっていったが、いまでは日本人としてのアイデンティティすら失った新人類が謳歌しているように思われる……。しかし、どの国の人間であれ、国籍不明でアイデンティティがない人というのは信用されないものだ。国籍不明でも問題がないのは大芸術家くらいのものだろう。

ではいまの日本の若い世代はどうなのだろうか。日本語英語まじりの歌詞をがなり歌う音楽は、私らの世代にとってはわけのわからない世界だ。それが流行歌手の時流なのかもしれないが、国籍不明の歌に聞こえる。

ところが、そういう音楽に夢中になっている茶髪金髪の若い人と話したりすると、意外にも日本人らしい古風な感性を持ち続けている。日本人としてのプライドをちゃんと持ち合わせていることに安心させられたりもする。

アインシュタインは、万世一系の伝統が息づく美しい国と国民が存在すること自体、世界の奇蹟であり、神に感謝する、という言葉を残している。

そんな世界の奇蹟の国に住わませてもらっている私のアイデンティティの原点は、琵琶湖にあると思っている。琵琶湖の風土や風景を愛する気持ちが日本人としての誇りやアイデンティティにつながっている。生まれ育った土地であるし、ヨシカワ商事の経済活動の中心であるから当然なことではあるのだけれど、ただ単に故郷という以上の愛着があるのだ。

琵琶湖は日本最大の湖であり、大阪をはじめ関西一円に水を供給している。淀川に通じる瀬田川にかかる唐橋から数キロ以内にヨシカワ商事とエールがあり、その唐橋は平安時代のころから数々の歴史舞台になったところである。建部大社、石山寺、比叡山があり、千年の都・京都はすぐ隣りである。風光明媚というだけでなく、古い歴史を背景とした土地に住まわせてもらっていることに、言葉には言い尽くせない感謝の思いがある。企業活動で地域に貢献するのは当然のことながら、ゴミを拾いたくなるのも、そうした思いがあるからだ。

琵琶湖は私にとってまさに母なる故郷だが、世界にも希な美しい国・日本の各地には、故郷を愛し誇りに思って暮らす人々が大勢いるだろう。仕事で出張したおりに、そういう人たちと出会ってお国自慢を聞くのも私の楽しみのひとつである。

東京中心の一極化はとまらず、少子高齢化がすすむ地域の経済が今後ますます厳しくなることが予測される。しかし自給率の低い日本の食糧問題ひとつを考えても、それぞれの地方・地域が元気にならないことには、日本の国の先行きが危ぶまれる。

グローバリゼーションがすすめばすすむほど、アイデンティティをしっかり持って、故郷のお国自慢をする若い世代が増えてほしいと願わずにはいられない。

一途に生きているから
星が飛び
花が燃え
天地が躍動するのだ
雲が呼び
草が歌い
石が唸るのだ

一心に生きているから
この手が合わされ
憎しみを
愛に変えることができるのだ

一途であれ
一心であれ

（坂村真民）

ヨシカワ商事とエールは、三つ子の魂のそれぞれの花がひらき、立派な日本人がひとりでも多く育つように、これからも幼児教育の応援団として社会に貢献していきたい。一念一途に――。

平成三〇年　秋晴れの日に

吉川　靜雄

著者紹介　吉 川 静 雄

昭和19年　滋賀県に生まれる。立命館大学法学部卒業
昭和47年　ヨシカワ図書（現　ヨシカワ商事）を創業
平成７年　エール㈱を第二創業する
平成25年　公益財団法人「外あそび体育遊具協会」認定
【連絡先】㈲ヨシカワ商事
大津市黒津3丁目13-47　TEL077-536-2025
エール株式会社
大津市神領3-12-1　TEL077-545-0315

手のひらの宇宙ＢＯＯＫｓ® 第19号

一念一途に　三つ子の魂・花ひらく

発行日　2018年12月7日　初版第１刷

著　者　吉川　静雄
発行者　平野　智照
発行所　㈲ あうん社
〒669-4124 丹波市春日町野上野21
TEL/FAX（0795）70－3232
URL http://ahumsha.com
Email :ahum@peace.ocn.ne.jp

製作 ● ㈱丹波新聞社
印刷・製本所 ● ㈱遊文舎

ISBN978-4-908115-17-2　C0095
＊定価はカバーに表示しています。